www.tredition.de

AF216888

Alexander Splitter

Die Liebe kommt nie zu spät

© 2017 Alexander Splitter

Verlag: tredition GmbH, Hamburg

ISBN
Paperback: 978-3-7345-9117-4
Hardcover: 978-3-7345-9118-1
e-Book: 978-3-7345-9119-8

Printed in Germany

Inhaltsverzeichnis

Die Liebe kommt nie zu spät............................7

Luna..41

Max..81

Eine nette Begegnung 103

Die Liebe kommt nie zu spät

In der schönsten Ecke des Anwesens ist der Apfelbaum eingepflanzt. An dem Baum reifen im Herbst, süße Früchte. Unter dem Baum steht ein Tisch, mit Fier Stühlen, wo die Herrn von der Sommerhitze Zuflucht suchen. Am Tisch sitzt ein Mann, den Kopf gesenkt, in sich gegangen. Er ist hoch, schlank bester Gesundheit. Schwere Gedanken gehen ihm durch den Kopf. Wen doch im Leben alles so einfach wäre, wie mit diesem Apfelbaum, denkt Arno. Er ist an die sechzig angekommen. „Verdiente ruhe, für einen viel beschäftigten Mann", sagen seine Kollegen. Doch Arno kann seinen Kummer nicht verdrängen. Von ruhe träumt er noch nicht. Was ist daran, das ich bald sechzig bin, versucht er sich zu rechtfertigen. Was kann ich dafür, wen ich meine innere Ruhe noch nicht fand. Es geht bei ihm um das weibliche Geschlecht. Die Frauen ziehen in an, wie eine köstliche Perle. „Es ist wie eine unheilbare Krankheit", flüstert er, obwohl am Tisch, außer ihm niemand ist. Die Ärzte können da nicht helfen. „Alles, was ich brauche, ist eine Frau", flüstert er wieder in sich gegangen. Dabei ist seine Frau, mit zwei Kindern, die schon die Schule besuchen, im Haus. Doch in seinem Inneren wünscht er sich noch etwas. Wie es öfter passiert, wen man etwas begehrt, bietet sich auch die Gelegenheit, es zu bekommen. Eines Tages begegnet er sein Glück. Eine Frau läuft unerwartet, ihm in die Arme. Er greift zu. Jetzt sitzt er da, mit seinen Gedanken. Bärbel macht das Frühstück in der Küche. Nach ein paar Minuten hört er ihre Stimme, „wollen frühstücken." Er steht auf, geht in die Küche, nimmt bequem Platz am Esstisch, wie er es, seit

Jahren tut. Die hellblauen Storen an den Fenstern sperren die grelle Sonne aus. Am Herd steht seine Frau, mit dem Rücken zu ihm. Er mustert ihren Hintern, als ob er ihn mit anderen, vergleichen wollte? Er dachte ständig an Frauen, bis er Ariel traf. Endlich hatte er seine innere Ruhe gefunden. Sie zog ihn an, wie ein buntes Spielzeug ein Kind anzieht. Er wünscht sich, dass es immer so bleiben soll. Bis dahin hatte er keine Erfahrung im Umgang mit ihnen außer seiner Frau. Seine Sehnsucht nach einer anderen, ist so Gros, das er sich kaum beherrschen konnte. Die Neugier, wie es sein mag, mit einer anderen zusammen sein, lies ihm keine Ruhe, bis eines Tages die Gelegenheit sich bot. Er nutzte sie ohne Bedenken. Er warf sich in ihre Arme, ohne zu überlegen, was auf ihn zukommt. Ihm fiel Nichtmahl ein, dass sein Schicksal, ein unschönes Spiel, mit ihm treibt. Er begriff es nicht sofort, was daraus wird. Ihm ist so schön mit Ihr, so soll es immer bleiben, wünscht er sich. Dass Sie schwanger werden kann, daran dachte er nicht. Heute wie jeden Morgen, sitzt er am Tisch, fertig angezogen. Als er gestern in sein Büro kam, sagte Ariel, zu ihm, „ich bin schwanger Arno". „Was soll ich machen, mein Lieber." So viel Gefühl klang in dem, mein Lieber. Mit den Worten gewann sie sein Vertrauen. Sie schaute ihn mit ihrem ehrlichen Blick an. Er schwieg lange. Ihr kam der Gedanke, dass er das Baby nicht will. Was sollte er auch sagen. „Es ist dein Kind", sagte Sie zu ihm, „wie du entscheidest, so soll es sein." „Wenn du willst, werde ich es abtreiben." Nur im Hinterkopf hatte sie was anderes. „Es ist mein Baby", hämmerte es im Kopf von Arno. Dass sie eine Russin ist, er ein Deutscher, machte ihm keine Sorgen. In diesem internationalen Land spielt dieser Faktor, zum Glück keine Rolle. Der Gedanke an seine Frau, an die Kinder, fällt ihm im ersten Moment nicht ein. Er schaut Ariel, die in seinen Armen liegt, tief in die Augen. „Ich Liebe deinen Blick, Ariel, ich Liebe deine Augen, sie glänzen wie zwei Edelsteine." „Ich könnte ertrinken in der Tiefe deiner Augen." Die Worte des verliebten beruhigen Sie. Das Kind in ihrem Bauch stellt sich Arno realistisch vor. Er streichelt den Bauch, der sein Kind in sich trägt, er freut sich wie ein Jüngling um das Baby. „Ich kann, noch was", denkt er. Es ist nur Glück, was er in ersten Moment empfindet. Sie ist auch glücklich, er hatte ihr alles abgekauft. Sie schmiegt sich an ihn, „mein Lieber" flüstert Sie. Er steht auf, sie schaut ihn fragend an, was will er mir sagen? Hier in Büro traf er die Entscheidung. „Wir bekommen das Baby", sagt er zu ihr mit fester Stimme. Seine Stimme klang wie der Mutter, die ihr Kind auf die Welt bringen soll. Ihr Gesicht strahlt vor Freude. „Danke, dafür werde ich dich, mein Leben lang Lieben, egal was kommt." In ihren Augen stehen Tränen. Jetzt am Tisch ist wieder Ariel im Kopf. Seine Frau stellt das Frühstück auf den Tisch. In der Pfanne brutzeln drei Spiegeleier mit Speck, für ihn zwei, er mus ja arbeiten, eins ist für Sie. Sie wollte heute, nicht fiel essen, wegen der Kranken Leber. Bärbel hatte Schmerzen. Auf dem Tisch steht Brot, in dünne Scheiben geschnitten, Butter, eine Schale, Marmelade daneben. Die Familie lebt in Wohlstand. Man braucht sich auch nicht wundern, Arno ist der Chef von einem Holzlager der Stadt. Ein Mann mit einem hohen Gehalt, natürlich auch Verantwortung, pflegte seine Frau zu sagen. Die Arbeit nimmt ihm seine Zeit restlos weg. Jetzt kam noch ein Problem dazu, Ariel die er über alles liebt, so scheint es ihm zumindest. Zeit für Sie findet er immer, es ist auch nicht schwierig, sie arbeitet bei ihm. Ihr Büro ist neben seinem, also ist sie immer zur Hand für seinen Bedarf. Er ist nett, redet Unsinn, wie alle verliebten. Er ist glücklich. So einfach passiert so etwas denkt er. Nach dem sie den ersten Lohn bekam, überredete er sie. Er kam zu ihrem Schreibtisch. Sie stand auf, ihrem Chef entgegen. Er schaute sie sehnsüchtig an. Spontan umarmte er Sie. Sie wehrte sich nicht. Sie hatte schon lange überlegt, wie sie sich aufführen wird, wen dieser Moment kommt. Dass dieser Zeitpunkt kommt, daran gab es bei ihr, keinen Zweifel. Sie drückte sich an ihn. „Arno ich liebe dich, seit dem ich dich das erste Mal sah." Er verlor den Kopf, in diesem Moment existierten für ihn, weder seine Frau noch Kinder. „Ariel", flüsterte er, „ich kann nicht mehr ohne dich, der vergangene Monat, machten mich verrückt." Hier in ihrem Büro auf dem Sofa passierte zum ersten Mal das, was nicht passieren durfte. Ihre geheimen Pläne schienen, in Erfüllung zu gehen. Er blieb bei ihr im Büro, bis der Arbeitstag zu Ende ging. Er genoss ihre Liebe in vollem Maß. „Ich bin der glücklichste Mensch auf Erden", flüsterte er, ihr am Ohr. Arno ist glücklich. Dass er nicht der Erzeuger von dem Baby ist, weiß er nicht. Er erfährt es niemals, davon ist Sie überzeugt. Simon bleibt mir erhalten. Warum auch nicht. Arno betrügt seine Frau, sogar ein Baby, will er, nicht von seiner Frau, sondern von mir. „Bärbel ist ja auch zu Alt", denkt sie boshaft, die kann keine Kinder bekommen. Ich versuche es niemanden zu erzählen, nur Simon, sage ich es. Da fiel ihr, ihre Freundin ein, die kann es auch wissen, die sagt es niemand". An einen Abend kam Konstanze. „Meine Sorgen endeten Konstanze, es gibt einen Mann, der ist Reich, er liebt mich, bei ihm bin ich versorgt."

Ihre Freundin verstand sie nicht. „Gratuliere, vielleicht finde ich auch einen." Ariel lächelte überglücklich. „Ist er Jung, du angelst doch keinen Alten?" Ariel hob die Schulter, „er ist nicht mehr Jung, dafür ist er Reich". „Ist er viel, alter den du?" Ariel wich ihrem Blick, „viel" sagte Sie, „25 Jahre." Konstanze schwieg, sie wusste jetzt, dass er sechzig sein kann. Sie schwieg lange. „Ist er Single, ein Witwer?" „Er ist reich, er gab mir einen Job." „Ich brauche nicht jeden Tag arbeiten, nur wen ich frei bin." Konstanze bringt für ihre Freundin kein Verständnis hervor. Ariel wich schamhaft dem Blick ihrer Freundin. Wieder ein langes Schweigen. „Ich möchte aus der Armut raus, verstehst du, ich kann meinen Sohn kaum ernähren." Sie sagte es aus dem Herzen. „Du verdienst den Durchschnitt, wie die meisten." „Ich will aber mehr, ich bin eine attraktive Frau, sehest du selbst." „Er liebt mich, er tut für mich alles". Konstanze schwieg eine Weile bedrückt, die muss wissen, was für sie das Beste ist. „Ich weiß es nicht", sagte sie. „Ich will gehen, zuhause gibt es noch Schreibarbeiten für mich." Sie ging gedankenvoll durch die Tür. Sie dachte an Ariel. Ob er verheiratet ist, kindern hatte? Ariel hatte es nicht gesagt, Ihre Freundin fragte Sie auch nicht. Ariel blieb zu Hause, machte das Abendessen. Dann ging sie zu Bett. Was zu machen, ist weder der Wille noch Kraft da. Was wird Simon sagen, der weiß es noch nicht. Zu ihm muss ich ehrlich sein, er ist ein tüchtiger Mann, er muss wissen, dass er einen Sohn bekommt. Ihre Gedanken wandern zum Tag ihrer Bekanntschaft. Simon stand Schlange nach einer Busfahrtkarte. Sein Chef forderte ihn zu einem Gespräch in die Hauptstadt. Es ging um den Bau einer Fernsehstation. Die alte Station ist fällig, sie ist weit abgelegen, in den Bergen, schwer zugänglich, nur zu Fuß, kann man sie erreichen. Das Schlimmste ist, auf der Strecke kommen Menschen um ihr Leben, sei es durch wilde Tiere, Unfälle, Lawinen. Man konnte es auch am Telefon regeln, doch die Sache verlangte die Anwesenheit aller Stationsleiter, ihre Unterschrift. Simon hatte alles erledigt, fuhr zum Busterminal, nahm sich eine Fahrkarte. Er stieg in den Bus, sein Platz ist in der Mitte der hinteren Reihe. Zu seiner Linken sitzt ein Heimischer, ein Usbeke. Er muffelt ein wenig, ansonsten ist er OK. In diesem Land, bei der Hitze, ist es normal. Er ist in einem Anzug. Das Wichtige ist, er stellt keine Fragen. An seiner rechten Seite sitzt eine Frau, Simon konnte sie abschätzen so Mitte dreißig. Sie ist das Gegenteil vom Nachbar an ihrer linken Seite. Ihre Zunge paddelt ohne Ende, sodass sie ihm, am Anfang lästig schien. Doch dann fand er gefallen an ihr. Sie ist attraktiv, nicht verheiratet. Das legte sie ihm von Anfang an vor. Sie fanden auch was Gemeinsames. Ariel, eine attraktive Frau, eine liebevolle Russin ist Telefonistin bei den städtischen Werken. Sie fanden auch ein Thema zur Unterhaltung. Die Rede ging von ihrem Beruf. Die zwei Stunden im Bus flogen vorbei, so das zum Ende der Fahrt ihnen schien, das sie einander, eine Ewigkeit kennen. Sie stiegen aus, die Dunkelheit brach ein. „Auf Wiedersehen", sie wollte gehen. Hier neben dem Bus traf er die Entscheidung seines Lebens. „Darf ich sie zu ihrem Haus begleiten, es ist dunkel." „Warum auch nicht", sie zuckte mit den Achseln, „ich bitte darum." Simon ging mit ihr. Unterwegs klärte er einiges, wie es ihm schien unauffällig. Sie ist geschieden, lebt mit ihrem Sohn, sieben Jahre Jung, in einer Zwei Zimmer Wohnung, sowie vieles mehr. Das plapperte

Sie ihm aus. Sie kamen zu ihrem Haus, „wollen Sie reinkommen, ich mach uns einen Tee?" Simon wunderte sich, eine Frau mit solcher inneren Energie traf er noch nie. Er fand keine Worte, „gerne", sagte er. Er ging nach ihr. Sie schloss die Tür auf, „komm rein", Sie knipste den Schalter neben der Tür an, es wurde hell. Er ging ihr nach. Etwas schüchtern machte er die Tür nach sich zu. Seine Neugier, ob sie immer mit der Initiative vorangeht, nahm zu. Sie führte sich, auch weiterhin so auf. Sie bot ihm an, seinen Mantel an den Hacken zu hängen, selber ging sie in die Küche zum Herd. An der Wand stand, ein Alter Gas Herd. Sie füllte die Teekanne mit Wasser, suchte nach Streichhölzern, „die liegen bei mir immer auf der falschen Stelle", beschwerte sie sich bei Simon. Dann zündete sie den Herd an. Sie stellte den Zucker auf den Tisch. „Komm rein Simon", rief sie aus der Küche. Er kam zu ihr. Sie bot ihm einen Stuhl an, selber nahm sie Platz auf einem anderen. Sie brühte den Tee auf. Der Wohlstand in der Familie ist gering, geht Simon durch den Kopf. Einen Blick auf den Tisch reicht ihm aus. Sie schenkt zuerst Simon ein, darnach sich. „Entschuldige, das nichts Essbares zu Hause ist, mein Sohn ist bei seiner Oma, also ist für das Essen nicht gesorgt." „Das macht nichts, danke für den heißen Tee." Sie plapperte ohne Ende. Sie ist glücklich dem Zuhörer neben sich. Es wurde spät, Simon überlegte, wie er am besten nach Hause kommt. Sie konnte offensichtlich seine Gedanken lesen, sie sagte zu ihm, „wenn du nicht nach Hause gehen willst, brauchst du nicht, du kannst bei mir übernachten." Simon staunte. „Ich besitze ein geräumiges Bett." Simon staunte immer mehr. Was wird das Nächste sein, dass ich bei ihr auf immer bleiben kann? Dass zu einem Mann den sie erst seit ein paar Stunden kennt. Wen er doch nur wüsste, dass nach ein paar Jahren, er sein Leben mit dieser Frau verbinden wird? Simon genierte sich, doch seine Hormone spielten verrückt. Neben ihm ist diese Frau, gastfreundlich, anziehend, eine Frau mit allem, was eine Frau besitzen kann. Sie bietet ihm an, bei ihr zu übernachten. Die Sehnsucht erwischte ihn, er wollte sehen, ob er auch so schlafen kann, wie sie ihm bettet? Ihrem Charme konnte er nicht widerstehen, „danke ich bleibe hier", fiel ihm unerwartet von der Zunge. „Darf ich", fügte er schüchtern hinzu. Sie ist schon im anderen Zimmer, die Tür lies Sie offen. Er geht ihr nach. Ein französisches Bett von außergewöhnlicher Große steht mitten im Zimmer. „Ein Bett, von dieser Größe sah ich noch nie", gesteht er ehrlich. „Echt" Sie brachte Verwunderung auf ihr Gesicht, „es ist von bekannten gekauft, sie verzogen, konnten das riesen Teil nicht Mittnehmen." „Sie gaben es billig ab." Sie plapperte noch eine Weile von dem Besitzer des Bettes, „es gibt reiche Leute", sagte sie zum Schluss, dann verschwand im Bad. Nach ein paar Minuten kam sie raus, gekleidet in ein wunderschönes Nachthemd, sie duftete wie eine Fee. „Solch ein hübsches Hemd, sah ich noch nie", flüstere Simon ihr am Ohr. Sie fühlte seinen Atem, er umarmte sie. Sie nahm seinen Arm nicht weg. „Echt", wunderte sie sich wieder, „das bekam ich bei einem bekannten Verkäufer." „Im Laden sieht man so was nicht." „Mir gefällt es", sagte Simon. Sie befreite sich aus seinen Händen, schlupfte unter die Decke. „Du kannst dich freimachen." „Deine Klamotten kannst du auf den Stuhl legen." Simon zog sich aus, bis auf Slips, schaute sie fragend an, „darf ich zu dir?" Wieder eine blöde Frage. „Selbst verständlich, wenn du willst? Sie lächelt, vergiss bitte nicht, das Licht auszuschalten?" Sie hob die Decke an einer Ecke, „schlupf rein, hier ist es warm." Er knipste den Schalter aus, schlupfte gehorsam unter die Decke. Er fühlte die Wärme ihres Körpers, fühlte die Kraft des Mannes in sich. Jetzt konnte ihn nichts mehr stoppen. Simon konnte sich gegen seine Gefühle nicht mehr wehren. „Sie wurde Mehr mahl fertig, bei solch einem einfachen Sehen der Dinge, ist das kein Wunder, dachte er. Sie gab sich voll hin. Was für eine kalte Besonnenheit dachte er, es ist schwer zu glauben, doch es ist die Realität. Sie lagen nebeneinander. Schwer atmend versuchte Sie ihn vollzuquatschen, doch ihr schien, er hört sie nichts mehr. „Was für eine Begegnung, zufällig im Bus", unterbrach er ihr plappern. „Ha, Ha, Ha", lachte Sie los. Sie kann noch lachen, dachte er wieder. „So eine Frau wie du Ariel setzt sich überall durch". Ariel übersah seine Bemerkung. Sie fuhr mit dem plaudern, fort. „Konstanze gab mir den Rat", sagte Sie. „Wer ist Konstanze?" „Meine Freundin, die gab mir der Rat in die Hauptstadt mit dem Bus, zu fahren." „Jemand hängt sich bestimmt an dich dran, du wirst sehen", sagte sie. „Folgtest du ihrem Rat?" „Natürlich du siehst es ja, was daraus kam." Sie gähnte süß, „jetzt aber wollen wir schlafen." Nach ein paar Minuten, von der Müdigkeit überwältigt, schliefen sie Nebeneinander, wie zwei unschuldigen Babys. Die Morgensonne schien durch das Fenster, Ariel wurde wach. Sie wusch ihr Gesicht, zog sich an, einen Zettel hinterließ sie auch, auf dem Tisch. „Bin gleich wieder da", stand drauf. Sie kam bald zurück. In der Tüte trug sie eine Baguette, Butter so wie etwas Marmelade. In drei Minuten ist das Frühstück serviert, eine Kanne Tee, mit dem

Besteck, sind auf dem Tisch. Sie ging ins Schlafzimmer. „Aufstehen du Schlafmütze." Simon wachte auf, erschrocken schaute er sich um, Ariel stand am Bett. Ihm fiel alles ein, das große Bett, wo man austoben konnte, drauf die Hübsche, Ariel, die selber alles regelte. Jetzt stand sie in der Tür, lächelte ihm entgegen, „gut geschlafen?" Er streckte die Arme aus, ohne ein Wort zu sagen. Sie sah die Sehnsucht in seinen Augen, zog die Klamotten aus, schlupfte unter die Decke. „Hast du, nicht satt von mir?" Er nahm sie in seine Arme, walzte sie über sich, warf sich auf Sie, wie ein hungriger Wolf. Es begann alles wieder. Sie ist besser denn gestern. „Deine Lebhaftigkeit ist heute besser den gestern Abend", sagte er. Er konnte sich nicht verkneifen, ihr ein Lob auszusprechen. „Vielleicht gab sich die Müdigkeit gestern zu erkennen", sagte Sie. „Jetzt aber reicht es, wir wollen was essen". Sie gingen in die Küche, aßen ihr Frühstück. „Bei dir schmeckt alles gut." „Das Frühstück bei mir schmeckt mir selten." „Ich esse immer alleine", sagte sie. „Musst du heute auf die Arbeit?" „Nein", er überlegte. „Eigentlich sollte ich auf die Arbeit gehen." „Meine Papiere müssen in Ordnung gebracht werden, die blieben gestern Morgen, auf dem Tisch liegen." „Doch heute ist keine Lust da, nein, heute gehe ich nicht auf die Arbeit". Er rückte seinen Stuhl zu ihrem, umarmte Sie, „ich liebe dich", flüsterte er. Ihm kam der Gedanke, jetzt ist die Initiative bei mir, sie ist so gefügig, so kannte ich sie gestern Abend, nicht. Ich muss mich bei meinem Chef, am Nachmittag anmelden, sagte er, bis dorthin bin ich frei. Ich auch, Simon schaute sie an, er fühlte in sich, einen Mann, der das erste Mal so eine Frau eroberte. Was das heißen sollte, das konnte er sich, nicht erklären. Er fühlte sich bei Ihr kraftvoll.

Er sah, dass es ihr auch so geht. „Ich könnte dich auffressen", sagt er. „Ich bin nicht essbar", antwortete Sie gelassen. Er blieb bis Mittag bei ihr. Sie kochte eine Suppe, zusammen aßen sie das Mittagessen. Dann machte er sich zu seiner Arbeit. Seine Laune konnte er nicht verbergen. Zum Abschied sagte Sie, „es gibt bei mir nur dich, du kannst kommen, wann immer du mich sehen willst". Mit einem sanften Lächeln fügte sie hinzu, „aber nicht so oft bitte." Er staunte darüber, wie sie sich aufführte, ihn wunderte ihre Rede. Nur eins hämmerte jetzt in seinem Kopf, ihre Worte, „für mich gibt es nur dich, du kannst kommen, wann immer du willst". Es geschah, dass er ihre Bitte erfüllte. Er kam zu Ariel zweimal, manchmal nur einmal im Monat, manchmal noch seltener. Arbeit hatte er reichlich, Frauen für seinen Bedarf auch, nur die Zeit, die war für ihn Mangelware. Er kam zu ihr, wen es ihn zu ihr zog. Er fand sie immer voll da, ohne Meckern ohne Vorwürfe, sie ist glücklich, mit ihm. Sein Gewissen plagte ihn. Am besten gehe ich nicht mehr zu ihr, dachte er, Sie wird es verstehen. Doch es kamen wieder Momente, in denen es ihn zu ihr zog, dass er nicht anders konnte, er musste zu ihr gehen. So verging fast ein Jahr. Vor ein paar Monate lernte Ariel, Arno kennen. Jetzt ist Sie schwanger. Sie erzählte alles Constanze. Gegen Abend ging sie nach Hause. Unerwartet kam Simon. Schweren Herzens, nach der Visite der Freundin, öffnete sie ihm die Tür. Sie freute sich, dass er kam. Sie liebte ihn, hoffte mit ihm sich zu verbinden. Doch jetzt ist alles anders. Sie traf die Entscheidung, das Kind zu behalten. Arno wollte es auch. Noch ein Gedanke quälte Sie, ich muss Simon alles erzählen, er wird mich verstehen. „Ich bekomme ein Baby", sagte sie zu ihm bei seinem nächsten Besuch. „Ist es von mir?" „Nein", ihre Stimme klang hart. „Gratuliere mehr kann ich dazu nichts sagen." „Sei mir nicht Böse, ich wollte besser leben." „Er ist reich, kann meine Zukunft versorgen, auch das von dem Baby." Simon schaute sie mit einem forschenden Blick an. „Ich wünsche dir, auch deinem Kind, viel Glück." Wieder atmete er tief ein, die Luft ist ihm plötzlich zu dünn. „Ich werde dir nicht im Wege stehen." „Ich verschwinde aus deinem Leben." „Danke Simon ich weiß das zu schätzen, aber wenn du willst, können wir uns auch weiterhin treffen, nur dass es Arno nicht erfährt." Er hatte keine Worte, „heißt er Arno?" „Ja, aber jetzt wollen wir zu Bett gehen, ich bin Müde." Das sagte Sie alltäglich. Für sie ist das kein besonderes Vorkommen. Am Morgen gab es einen heißen Kuss, damit verlies Simon das Haus. In seinem Herzen, traf er die Entscheidung, Ariel nicht mehr besuchen. Wen er doch nur wüsste, dass Ariel sein Kind im Leibe trägt, hätte er bestimmt eine andere Entscheidung getroffen, dabei Ariels leben kaputtgemacht. Sie freute sich, dass sie den schweren Schritt, gemacht hatte, von Simon verborgen, dass es sein Baby ist. Ihre Sinne kehrten zu Arno. Ihr Liebhaber ist derzeit mit dem Frühstück fertig. Er gibt seiner Frau einen Kuss, wen ihm auf dem Herzen auch schwer ist. Er geht mit unreinem Gewissen nach draußen zu seinem Auto. Das ist mein Baby, wie soll es weiter gehen? Meine Kinder, was werden die von mir denken? Er lässt den Motor laufen. Er traf eine Entscheidung, welche die meisten Männer trifft. Mir bleibt abwarten, bis Ariel es regelt, entschied er. Es ist der einfachste Weg, den ich gehen kann. Sie kam auf die Arbeit, heute ist ihr Arbeitstag. Sie zog ihre Jacke aus, hängte sie an den Haken. Ich muss die Blumen gießen, sonst gehen sie hin.

18

Sie ging in das Büro, nahm die Gießkanne, füllte sie unter dem Wasserhahn. Einen Moment blieb Sie stehen. Sie trieb den Unangenehmen Gedanken von sich. Langsam goss Sie die Blumen, putzte den Staub vom Mobiliar, dann setzte sie sich zum Tisch. Sie stützte das kühn mit der Hand. Sie hatte einiges zu überlegen. Papiere für sie lagen auf dem Tisch, sie nahm eins von oben. Es ist die Rechnungslegung einer Verwaltung. Sie musste zusammenlegen, wie viel Holz jede Verwaltung vom Lager nahm, wie viel sie in dem Monat zu bekommen hatte. Dann nahm sie eine andere Verwaltung vor. Sie machte dasselbe. Alles ist unkompliziert. Es ist ihre Arbeit, die Arno für sie vorbereitet hatte. Gegen Mittag kam er in ihr Büro. Er umarmte sie, gab ihr ein Kuss auf die Lippen. Er setzte sich neben sie auf das Sofa. Sie schaute ihn an, wie geht es dir?" Arno wollte ihr die Laune nicht verderben. „Gut, geht es dir auch gut?" „Ach mir geht es nicht schlecht, meine Eltern wissen nichts davon." „Die können auch nicht viel sagen, ich bin erwachsen genug, mein Schicksal selber zu schmieden". Er hörte in ihrer Stimme traurige Noten, doch er sagte, „ich freu mich für dich". „Mach dir bitte um mich keine Sorgen, ich komme klar." Er stand auf, „komm wir fahren essen, ihr braucht jetzt, fiel Kraft, für zwei." Er streichelte wieder zärtlich ihren Bauch. „Ja wir müssen was essen." Sie gingen nach draußen, stiegen in sein Auto. Damals gab es wenige Autos in Privatbesitz, Arno gehörte zu ihnen. Sie fuhren in das Restaurant, nahmen ihr essen zu sich. Dann plauderten sie noch lange, über Dinge, die mit ihrer Zukunft nichts Gemeinsames hatten. Arno freute sich, dass Sie stark ist, er wusste nicht, dass exakt ihre Pläne in Erfüllung gehen. So eine Frau trifft man selten. Damit hatte er Recht. Die Zeit für Ariel floh schnell, ihr Leben wurde leichter, durch das zusätzliche einkommen bei Arno. Ihr Bauch wurde dicker. Das Baby, in ihrem Bauch, ist schon im achten Monat. Dann passierte etwas, was für Aufregung sorgte. Arnos Frau erfuhr, dass eine Mitarbeiterin, ihres Mannes schwanger ist, das von ihrem Mann. Sie sagte ihrem Mann nichts. Sie suchte Ariel, auf. Lange musterte sie ihre Konkurrentin, von Kopf bis zu Fuß, ohne ein Wort zu reden, dann machte Sie Krach. Sie sprach ihr alles aus, was sie quälte. Dann fing sie an zu weinen, klar, dass ich für diese Frau, keine Konkurrentin bin, dachte sie. Warum hieltest du ihn nicht, was gabst du ihm nicht, wollte Ariel wissen. „Ich bin krank, schon über zehn Jahre, sagte die arme frau." Diese Worte kosteten Bärbel, fiel kraft. So hart, wie sie auch schien, sie hatte Mitleid mit ihrer Konkurrentin. Ariel fragte, „was machen wir jetzt Bärbel?" Ihre Worte klangen nicht wie die Worte einer Konkurrentin, im Gegenteil in ihren w0rten klang eine Bitte. „Ich weiß es nicht, ich muss mit Arno reden, ich will auch, für ihn, nur das Beste." Sie fuhr nach Hause, Ariel blieb zurück mit ihren Problemen. Vieles ging ihr durch den Kopf, ihr kam sogar der Gedanke, Arno die Wahrheit sagen, dass er nicht der Vater von Baby ist. Schluss mit ihm machen. Sie lehnte alles ab. Sie versuchte es zu verdrängen, „die Zeit bringt alles auf seinen Platz", dachte sie. Mir ist egal, was daraus kommt. Sie schlief sanft, die Nacht durch. Ausgeruht ging sie zum Tisch mit dem Frühstück. Heute ist wieder der Tag, an dem Sie bei Arno arbeitete. Sie ging zur Arbeit. Diesmal wartete er schon auf sie. Er saß in ihrem Büro, eine zufriedene Miene spielte auf seinem Gesicht. Er stand auf, ihr entgegen, gab ihr einen Kuss, drückte Sie an sich. Ariel, es ist alles in Ordnung, ich bin schon eine Stunde hier." „Was ist in Ordnung Arno?" „Mit uns, Bärbel will sogar helfen, den Kleinen zu erziehen." „Den kleinen Arno?" „Woher weißt du, dass ein Junge kommt, es kann ein Mädchen kommen." „Ich weiß es, mein Inneres sagt es mir." Arnos Gesicht strahlt," „ich weiß es", wiederholt er, indem er sie wieder in die Arme nimmt. Ariel kühlte seine Gefühle mit ihrem Blick ab, „jetzt aber bitte deutlicher, was ist passiert, woher solche Laune?" „Bärbel brachte alles auf die Reihe", er schwieg eine Weile, dann holte er tief Luft ein. „Bärbel braucht einen Ehegatten nicht mehr, schon lange nicht." „Sie ist zufrieden, dass ich sie ernähre, sie freut sich, dass es ein Baby gibt," „Sie will sich um das Baby kümmern." Ariel stand mit offenem Mund, sie bekam wenig Luft, schweigend schaute sie Arno an. „Komm, wir fahren zu mir, Bärbel wartet schon, wollen es hinter uns bringen." Sie setzten sich zu ihm in sein Auto. Wieder kam der Zweifel, ob sie mit Arno fahren soll. „Weißt du Arno, ich fühle mich nicht so gut, können wir ein anderes Mal zu dir fahren?" Er hielt am Straßenrand an, „ach nein Liebes, wir müssen das heute durchsetzen, Bärbel wartet auf uns." Sie drehte sich zur Seitenscheibe, OK. Sie verlor bis zu seinem Haus kein Wort. Bärbel ist die gastfreundlichste Wirtin, die Ariel je sah. Der Tisch ist gedeckt mit auserlesenem Essen, Arno lud sie zum Tisch. Sie aßen in aller Stille, schickten auch ein Schluck Vinjack, hinterher, zur Verdauung. Dann nahm das Wort Bärbel. „Ich freue mich Ariel, dass wir jetzt ein Baby bekommen", wir werden es zusammmen erziehen, du musst ja arbeiten." „Ich werde auf den Kleinen aufpassen." Es ist wieder der kleine, wieder ein Junge, sie beide sind überzeugt, dass es ein Junge gibt, dachte Ariel, doch Sie wiederredete nicht. Sie besprachen auch, wie sie ab morgen vorgehen. Du nimmst Urlaub. Du wirst dich schonen, bis das Baby kommt, dann werden wir zusammen nach dem Jungen schauen. Ariel willigte ein, „alles was Bärbel sagte soll mir recht sein." „Ich danke euch zwei, dass ihr so nett seid, zu mir." „Alleine schaffe ich es nie, ich schaffe es nicht, wiederholte sie. Tränen standen in ihren Augen. Bärbel kam um den Tisch herum, umarmte die junge Frau, sie ließ ihren Gefühlen freien Lauf. „Wir schaffen es", flüsterte sie Ariel am Ohr, „ist ja nicht der Erste". Sie ist so betroffen, dass sie ununterbrochen weinte. Doch alles bekommt, ein Ende, dieses Essen auch. Ariel stand auf, „ich danke euch." Sie schaute Bärbel mit feuchtem Blick an, „ich muss jetzt nach Hause, ein bisschen schlafen, ich bin so müde". „Kennen wir verstehen", Bärbel stand auch auf, „Arno bringt dich nach Hause. Die zwei gingen zum Auto, er öffnete Ariel die Tür. Arno schaute Bärbel an, ich bin gleich zurück. Er nahm Platz im Auto. Bärbel winkte Ariel. Die Herzen der Zwei überfüllte Dankbarkeit zu Bärbel. Das Auto fuhr ab. Arno streichelte mit der freien Hand Ariel über den Backen, „es wird alles gut Liebes, du wirst es sehen." In seinen Worte klang so fiel Mitleid. „Ich wollte schon immer noch ein Baby, doch dann erkrankte Bärbel, konnte keine Kinder mehr bekommen". „Unser Baby kommt rechtzeitig, ich glaube, es wird Bärbel ausheilen". Sie fühlt sich wirklich Perfekt. Ariel verzog kaum zu merken die Lippen, sodass Arno es nichts merkte. „Ja heute ging es Bärbel perfekt", sagte Ariel. Er brachte Sie zu ihrem Haus, umarmte Sie. Sie bekam noch einen heißen Kuss auf die Wangen. „Sol ich Mitreinkommen?" „Nein ich bin total müde, muss mich ein bisschen ausruhen." „Dann fahre ich nach Hause, auf mich wartet meine Arbeit." Sie stieg aus, er ließ den Motor laufen. Er ist überglücklich. Er konnte sich nicht vorstellen, dass Bärbel alles so aufnimmt. Sie braucht ja auch keinen Mann mehr, wegen ihrer Krankheit, das ist der Grund. Also ist alles bestens, dachte er, da er an seinem Arbeitsplatz saß. Aber Bärbel, so fiel Eifer, so viel Mut, konnte ich ihr nicht zutrauen. Es ist einmal so, sie wird für den Kleinen eine gute Mutter sein. Bärbel ging ihm den ganzen Tag nicht aus dem Kopf. Eike kam rechtzeitig, wen auch unerwartet. Die Krankenschwester brachte ihr das Telefon zum Bett. Sie rief Arno an, sagte, dass es ein Junge ist. Er soll Eike heißen, sagte Sie. Wenn du dem Jungen einen anderen Namen geben willst, bin ich einverstanden. Darüber reden wir nachher, werde erstmals gesund. Ich mit Bärbel warte schon. Ich fühle mich bestens. „Ich hoffe, dass ich hier nicht lange bleiben muss, auf Wiedersehen", sie legte auf. Hier fühlte sie das erste Mal, dass ihr Gewissen, nicht rein ist. Ich muss dadurch, ich werde stark sein, es geht um drei Menschen, ich darf drei Schicksale nicht kaputtmachen. Simon, ihn will ich nicht verlieren. Langsam kam die Beruhigung, er wird mich verstehen, wir werden eine Möglichkeit finden uns zu treffen, ohne dass Arno es erfährt. Sie machte die Augen zu, in ein paar Minuten schlief sie ein. Sie sah einen Traum. Sie ist in einem anderen Land, wo die Leute wohlhabend sind, doch dort gab es auch, fielen Armen. Sie hing am Arm von Simon, neben ihm der kleine Eike, er hielt Simon an der Hand, nannte ihn ständig Papa. Sie wachte schweißbedeckt auf, „so ein Unsinn, wieso Simon, warum nicht mit Arno." Simon ist ein armer Schlucker. Hoffentlich redete ich im Schlaf nicht. Im Zimmer

23

stand Dämmerung, das Kinderbett stand neben ihrem. Ihr Eike atmete still. Langsam beruhigte sie sich, es ist niemand in der Nähe, wen ich auch redete, konnte es niemand hören. Besser, wen ich nicht rede. Sie schaute noch einmal den Kleinen an. Der Tag brach an, alles ist real. Ariel, Eike, was unerwartet ist Arno, der sich reinschlich. „Ich bekam es nicht mit, wann kamst du?" „Ich kam vor zwei Minuten, habe ich dich geweckt?" „Ich wollte euch, im schlaft beobachten." Sie schwieg, ein toller Bursche. Kuck mal, wie groß er ist. Ariel lächelte verlegen. Vielleicht hörte er was? Ihr Krankenhausmantel wusste nichts von Moderne, er ist verkrumpelt ihr Gesicht verschlafen. Sie schaute ihn verwundert an, „wer lies dich in aller Früh hier rein?" Er lächelte, „im Erdgeschoss steht ein Fenster offen, sie lüften den Raum, dort bin ich rein, Arno lächelte erfinderisch." „Wie du sehest, fand ich mich hier her." Sie staunte noch mehr, „das mit sechzig Jahren?" „Erstens bin ich noch keine sechzig, ich besitze zweifellos noch die Kraft Kinder zu erzeugen", sagte er leise, das ihn niemand hören konnte. „Das kannst du", Ariel lächelt sanft. „Ich muss noch auf die Arbeit Liebes, hier ist für euch was zur Stärkung, Vitaminen." Er stellte eine Stofftasche auf ihr Tischlein, „Aprikosen, Äpfel, Süßkirschen, ich weiß, dass du die magst." „Du weißt auch schon, was ich mag mein Lieber." „Natürlich weiß ich das, ich mag auch Aprikosen, Süßkirschen, die wusch ich auch schon, ist das falsch?" „Nein ich liebe dich, weil du dasselbe magst, was auch ich." Er stand auf, „ich muss auf die Arbeit, heute wird eine Menge Holz geliefert, ich muss dabei sein das kein Fehler passiert." Sie nickte einverstanden mit dem Kopf, „du musst gehen, unser Eike wird mit mir auf dich warten, ewig fügte sie hinzu." Er küsste die beiden, dann ging er durch die Tür. Eike wurde nicht Mal wach. „Verrückt", flüsterte Sie, „durch das Fenster in die Entbindungsstation gelangen." „Verrückt" wiederholte Sie. Sie beugte sich über den Kleinen, der immer noch Schlief. Sie legte sich auf ihr Bett. Wen ich aber mein Leben lang Arno belügen muss, das Eike sein Sohn ist. Ständig schweißbedeckt aufwachen, wie schaffe ich das? Ich muss mich zusammenreißen, das Schicksal wird schon sorgen für das Beste, sie schlief wieder ein. Dann kam der Tag, wo sie entlassen wurde. Arno stand mit seinem Auto vor der Tür der Krankenstation. Mit Eike auf den Armen kam, sie raus, er ging ihr entgegen. Er schaute sich den kleinen an, so süß, was für Äugelein. Sein Mund, schau mal, er lächelt mir zu." Selbstverständlich er ist ja auch dir." Er küsst Eike auf die Stirne, „danke, für das Glück". Du machst mich wieder Jung, zu einem echten Mann." Sie setzten sich in sein Auto. Er fragte nicht Mal, wohin er fahren soll, er lenkte geradewegs zu seinem Haus. Sie sagte kein Wort, schaute ihn nur an. Es ging alles nach ihrem Plan, sogar viel besser den sie sich wünschen konnte. Bärbel wartete vor der Tür. Das Auto hielt an, sie ging zur Beifahrer Tür, hinter der Ariel saß. Bärbel machte ihr die Tür auf. „Herzlich willkommen", Sie reichten die Hände zu dem kleinen, in ihren Augen standen Tränen. Ariel legte Eike behutsam in ihre Hände. Sie stieg aus, Arno ging vorne her, er führte sie in ein geräumiges Zimmer. Ariel trat ein, Sie hielt die Hand vor dem Mund, um nicht loszuschreien. Es ist das Kinderzimmer. Die Einrichtung, die in ein Kinderzimmer gehört, ist nagelneu, mit Geschmack ausgesucht. „Hier bleibt ihr erst, bis du dich erholst." Bärbel umarmt Sie, „dann sehen wir weiter." Im Zimmer gab es auch ein Bett für die Mutter. „Bärbel ich kann es nicht fassen", sagte Ariel. Tränen rollten aus ihren Augen. Weine nicht, ich mache alles, damit ihr euch wohlfühlt, ich mag euch alle drei." „Dein Ältester ist uns auch Willkommen, nicht wahr Arno?" „Ja so soll es sein." Sie blieb mit Eike zwei Wochen da. Den Ältesten behielt seine Oma, auf Eike passte mehr Bärbel auf, den die Mutter. „Ich bin euch von Herzen dankbar," sie brachte Bärbel damit in Verlegenheit. Ariel fühlte sich wie zu Hause, der kleine Eike, bekam so viel Liebe, was Ariel sich nicht vorstellen konnte. Nach zwei Wochen bat Ariel, dass Bärbel, Sie nach Hause lässt. „Ich muss meine Hausarbeit machen, dort liegt alles durcheinander", „wie ich es gelassen hatte, da ich ins Krankenhaus kam." Sie hatte nichts dagegen. Arno fuhr sie nach Hause, blieb bis in die Nacht bei ihr. Ihr Glück ist voll, an Simon dachte sie nicht mehr. Eines Tages, am Nachmittag, saß Arno mit Ariel bei ihr im Zimmer. An der Tür klopft jemand, sie geht zur Tür, sie macht auf, Konstanze, wie schön dich zu sehen. Lange hielten sie einander in den Armen. Sie plapperten bis zum Abend. Arno machte ihnen das Abendessen, deckte den Tisch, dann fuhr er nach Hause, „ich will euch zwei nicht stören", sagte er. Bei dem Essen sagte Ariel, „wenn du wüsstest, was für ein Mensch Arno ist". Eike wurde wach, er streckte sich süß. Da niemand zu ihm kam, fing er an zu weinen. Konstanze ging zu seinem Bettchen. Ein schönes Bettchen, so eins hatte Konstanze noch nie gesehen. Sie nahm den Kleinen auf die arme, er hörte nicht auf, zu weinen. Ariel kam bei, er will essen, gib ihn mir. Sie öffnete die volle Brust. Eike streckte die Händchen aus, nahm die Brust, „schau mal er suckelt." Ariels Brüste sind voll Milch, Eike schmatzt. „Er genießt seine

Mahlzeit mit geschlossenen Augen", sagte Konstanze." Kuck mal, wie zufrieden er ist", Konstanze lächelte, das schmeckt ihm. Das Baby ist satt, sagt Konstanze. Ariel brachte es in sein Bettchen. „Er ist glücklich", Konstanze ist begeistert von Eike. „Ich will, dass er glücklich sein wird", sagte Ariel aus dem Herzen. Es wurde dunkel. Constanze stand auf, ich muss morgen früh auf die Arbeit. Sie ging nach Hause, Ariel bereitete das Bett zum Schlafen. Sie rückte das Bettchen näher zu ihrem, gab dem kleinen noch einen Kuss. „Jetzt wollen wir schlafen", sagte sie zu Eike. Der Kleine wurde nur einmal wach, suckelte an der Brust, dann schlief er bis zum Morgen. Sie wachte auf, machte sich das Frühstück. Da viel ihr ein, dass der Kühlschrank voll ist, mit auserlesenem Essen. Ihr kamen wieder die Tränen, Arno, der sorgt für mich. So ging es mir noch nie. Simon, der braucht nur eins, bestimmt verbrachte er auch diese Nacht bei irgendeiner Frau im Bett. Doch ist er so süß, wie kein andere. Sie versuchte die Gedanken loszuwerden, ging zum Bettchen des kleinen. Sie beugte sich über ihn, Eike schlief ruhig, Sie fing an die Wohnung aufzuräumen, dann kochte Sie Mittagessen. Eike wurde wach. Sie gab ihm die Brust. Gegen Mittag kam Arno. Er hatte eine Tasche gefüllt mit Lebensmitteln." Wie sauber es bei dir ist", er stellte die Tasche auf den Stuhl neben der Tür. Sie hatte das Essen fertig. Anstatt in die Kantine zu gehen, kam ich her, hoffentlich gibst du einem hungrigen Menschen etwas zum Essen? Sie gab ihm einen Kuss," natürlich es ist gleich auf dem Tisch". Sie hatte mit Hackfleisch gefüllte Mautaschen gekocht. Arno mochte sie, Ariel wusste das. Auf die Maultaschen kam Schmand mit Senf. Er aß alles auf, was sie ihm eingeschenkt hatte. Dann machte er sich wieder zum

Eike. Der Kleine fuchtelte mit gen Händchen, „kuck mal, er streckt die Händchen zu mir, er will zu mir." „Er kennt seinen Papa, sagte er, nahm den kleinen auf die Arme, schaukelte ihn. Sie kam bei, schmieg sich an Arno, „ihr zwei seid gut", warf sie ihnen vor, mich am Tisch gelassen". Wir wollten zu zweit die Zeit verbringen. Er legte den Kleinen in sein Bettchen, kam zu Ariel. Er schaute ihr in die Augen, sie verstand ihn. Er führte sie zum Bett, lies sie behutsam drauf. „In mir ist so eine Sehnsucht nach dir", flüsterte er ihr am Ohr. Sie lächelte, „wenn du nur wüstest, wie glücklich ich mit dir bin". „Ich arbeite doppelt so viel, wie vorher, dabei werde ich nicht müde." „Mir geht es auch so, erwiderte Sie." Sie schwieg kurz, Eike ist gesund, mit Lebensmittel versorgst du uns reichlich. Ich bin glücklich mit Eike. Sie lagen im Bett zueinander gedrückt. Sie flüsterten einander ihre Gefühle aus. Vor dem er ging, sagte er, „Bärbel will euch sehen, willst du das Wochenende bei uns verbringen?" „Ich hole dich am Freitagabend ab." „Natürlich freue ich mich, Bärbel zu sehen, der Kleine freut sich auch, die ist wie eine Mutter zu ihm." „Dann bis Freitag", er gab ihr einen Kuss zum Abschied. Am Freitag holte er sie ab. Der Junge ist brav, er weint nur, wen er Hunger hat, ansonsten ist er sehr Stil. Ihr gefiel es, wenn Bärbel sich um ihn kümmerte. Ihr fehlte nur die Öffentlichkeit, sie wollte sich gerne, mit Arno sehen lassen. Genau das, irritierte Sie wegen des unterschiedlichen Alters. Er sah es, obwohl sie ihm niemals was sagte. Er entschied diesen Samstag in die Hauptstadt, die 120 km entfernt ist, zu fahren, um dort das Theater zu besuchen. Es ist nicht dasselbe wie hier. In ihrer Stadt, das Theater besuchen, sich ihren Freundinnen präsentieren, sie freute sich auf den Abend. Sie fuhren mit seinem Auto. Ihr wurde, klar wie schön es ist mit eigenem Auto in die Großstadt zu fahren. Sie schmiegt sich an ihn, „weißt du, früher fuhr ich immer mit dem Bus. „Manchmal fuhr ein alter Bus, es stand ein Gestank von menschlichem Schweiß, Diesel, sonst was, kaum zu aushalten." „Du weißt ja, der Bus ist ständig überfüllt. Manche Menschen, von den heimischen quetschen einem von beiden Seiten ein, sodass man keine Luft zum Atmen bekommt." Arno schaute sie an, „das alles ist jetzt hinter dir, du brauchst nicht mehr auf langen Strecken den Bus nehmen. Wir haben ja ein Auto." Er schwieg nachdenklich, „du hast es dir verdient. Sie gingen in die Oper, es ist Aida, sie ist begeistert. In der Pause gingen sie an die frische Luft. Sie warf sich ihm um den Hals. Hier hatte sie Simon vergessen, auch alles andere unschöne, was ihr im Leben wiederfuhr. Er nahm Sie auf die Arme, sie ist federleicht, er geht mit ihr ein paar Schritte. Sie schaute sich um, die Leute sahen das ungerade Paar, er alt, Sie dagegen blutjung. „Lass mich bitte runter, was werden die Leute von uns denken?" Sie klopfte ihn sacht auf die Schultern. „Mir egal, was sie denken, ich liebe dich über alles." Er ließ sie behutsam auf den Boden. Sie umschlingt seinen Arm. Die Bärbel, wie nett ist Sie, wie sehr mag sie den Kleinen. „Ich wusste ja, dass sie jemanden braucht, zu erziehen", sagte Arno, „aber dass es so sein wird, dachte ich nie." „Sie ist zu ihm mehr, den eine Mutter." „Ich mag Eike auch über alles." „Dass sie dir alles zulässt, könnte ich nicht ahnen, wen ich es selber nicht sehen wurde." Sie kamen aus der Oper, die Straße ist hell beleuchtet, die Leute flanieren auf dem Boulevard, niemand schaut auf die andere. Der Altersunterschied fällt niemanden auf, sagt Arno. Hier ist schon Abend, die Luft ist rein, jeder freut sich des Lebens. Es ist nach Mitternacht, wir fahren nach Hause. Zu Hause schloss Arno die Tür auf, sie schlichen sich rein. Schau mal die Zwei an, flüstert Arno. Sie sahen Bärbel mit Eike nebeneinander schlafen. Ariel blieb zwei Wochen hier. Sie schaute nach Eike, hielt seine Klamotten in Ordnung, den Rest erledigte Bärbel. Nach zwei Wochen fuhr sie mit Eike, nach Hause. Bärbel protestierte nicht, sie weis, dass Ariel, nach ihrer Wohnung nachschauen muss. Es verlief alles bestens, die Nachbarn, wussten nicht fiel von der Familie. Ihr Haus, besser gesagt ihre Willa, stand abgesondert, sodass außer der Familie nur einige was wussten. Diejenige die etwas mitbekamen, schwiegen, wer wollte sich, mit jemand wie Arno anlegen. Durch die Kinder kam auch nichts nach außen, also konnte sich die Familie wohlfühlen. Eike wuchs, er fing an zu gehen, dann zu reden. Bald wurde die Bärbel Oma genannt. Sie ist unheimlich Stolz, wen Eike seine Ärmchen zu ihr streckt. Simon traf sie nur einmal, sie begrüßten sich wie zwei Bekannte. Sie fragte, wie es ihm geht, er antwortete gut, damit gingen sie auseinander. Mehr sah sie ihn nicht. Oftmals quälte sie ihr Gewissen, aber ihre Natur überwältigte alles. Eines Tages, Eike erreichte schon das Alter von fünf Jahren, kam Arno von der Arbeit, mit einer umwerfender, Neuigkeit. Sie saßen alle am Tisch, plötzlich sagte er, wir können, wen wir wollen natürlich, auswandern. Die Familie saß verwundert da, „wohin den?" Bärbel hielt sein Schweigen, nicht aus. „Nach DDR". „Nach DDR?" Jetzt verschlug es Ariel den Atem. Sie schaute ihn mit weit offenen Augen an. „Die Sprache, ich kenne kein Deutsch, dachtest du schon daran?" So bedrückt sah er sie noch nie. Er schaute sie zärtlich an, „das lernst du, bei deiner Begabung, kein Problem." „Du kannst alles, dazu werden wir alle dir helfen." „Wen es aber mit dem Job nicht klappt, wie werden wir Leben". „Wir schaffen das." „Mir wurde mein Job zugesichert deswegen, weil ich Beziehung zu den Holzlieferanten in Sibirien habe." „Holz braucht Deutschland, das ist sicher." Ariel wusste, wen er sich eine Idee in Kopf setzt, die setzt er durch. Sie gab nach, was konnte sie sonst machen. Das Leben ist dort besser, Eike kommt auch rechtzeitig hin, um Deutsch zu lernen. Im Kopf von Ariel ist noch jemand, das ist Simon. Vielleicht vergesse ich ihn, dann wird alles bestens. Arno fing an, die Papiere, zum Auswandern, zu sammeln. Es verlief alles bestens, nur in die Hauptstadt, in das Außenministerium musste er öfters fahren, das nahm ihm, fiel seelische, so auch körperliche Kraft weg. Wegen des Visums besuchte er in Moskau das deutsche Konsulat. Er bekam alles, flog mit dem Flugzeug nach Taschkent. Von dort nahm er ein Taxi. Es ist spät abends. Auf den halben Weg nach Hause, mussten sie die Kreuzung überquerten. Ein Lkw fuhr in das Taxi, Arno kam ins Krankenhaus der Stadt Almalyk, das am nächsten ist. Die Ärzte gaben ihr Bestes, doch er verstarb dort in zwei Stunden. Die Familie erfuhr von seinem Tode am Tag darauf. Arno dagegen, erfuhr nicht mahl, dass es nicht sein Baby ist. Ein Krankenwagen brachte seine Leiche nach Hause. Dort wurde er auf dem Christlichem, Friedhof begraben. Nach kurzer Zeit wanderte seine Familie aus. Ariel mit Eike blieb daheim. Ich bin eine Russin, Arno meine Stütze, ist nicht mehr da. Was soll ich in der Fremde? Bärbel sah ein, dass es für Ariel das bessere ist. „Du hast Recht Ariel, für dich ist es die Fremde, wir werden an dich mit Eike, immer denken."

Wir werden euch helfen wen wir können. Auf Ariel kamen schwere Zeiten zu. Oft ist Sie mit den Gedanken bei Simon. Sie hatte sich gewohnt an den Luxus, sie dachte, dass es immer so bleiben wird. Jetzt sah sie, dass es ihr nicht besser gehen wird, den, den anderen. Mit dem Vater des Kindes geht es uns besser, dachte sie an langen Winterabenden, mit Eike zu Hause. Eines Tages traf sie Simon auf der Straße. Er hatte seinen Arbeitsplatz gewechselt, arbeitete jetzt in der Nachbarstadt. „Ich bin auch Wochenende dort, deshalb sahen wir uns nicht", rechtfertigte er sich. Sie lud ihn zu sich ein, er ging zu ihr, einfach so, zu einer Frau. Ob Simon verheiratet ist, vielleicht eine Freundin hat, das kümmerte Ariel überhaupt nicht. Sie lud ihn einfach ein, weil sie wusste, dass Simon der Vater von Eike ist. Wen er nur zu der Zeit wüsste, was für Aufregungen auf ihn zukommen, bestimmt wäre sein Handeln anders. Er ging zu Ariel. Sie machte ein Abendessen, von dem, was sie hatte. Er durfte mit dem Jungen spielen so lange sie in der Küche hantierte. Dann gingen sie wie auch immer, wen er zu ihr kam zu Bett, so wie auch jedes Mal. „Es ist schön mit dir zusammen zu sein", sagte Simon. Er hatte nicht die leiseste Ahnung, warum sie ihn zu sich, einlud. Nach dem sie ihre Bedürfnisse stillten, lagen sie noch eine Weile nebeneinander, Ariel wusste nicht, wie sie anfangen sollte. „Schautest du den Jungen an?" „Natürlich, wir spielten lange mit ihm, ein kräftiger Bursche." Ein Lächeln verzog ihre Lippen. In dem Moment erschrak Sie von den Gedanken, dass er es jetzt erfährt. Mein Glück, das es dunkel ist, er kann mich nicht sehen, ging ihr durch den Kopf. „Weißt du, hübsch ist er auch noch." Irgendwas bewegte sich in ihm von diesen Worten. Eine Wärme ging durch seinen Körper, er stand auf, ging zum Wasserhahn. Er zapfte sich ein Glas Wasser. Langsam lehrte er das Glas. Was ist mit mir, warum wurde der Junge plötzlich mir so nahe. Er ging zum Bett, legte sich neben Ariel. „Wollen schlafen, ich bin müde, warum weiß ich nicht." „Ja wir wollen schlafen, dein Sohn schläft auch." Er sprang auf, als ob er von einer Schlange gebissen wurde, „was redest du da von wegen, mein Sohn?" „Ich weiß nicht, wie ich es dir sagen soll", sie schwieg lange, sehr lange, dann fing sie an. „Du erinnerst dich noch, dass du spät in der Nacht zu mir kamst, von einer Dienstreise." „Damals solltest du Teile aus Novosibirsk bekommen." Sie konnte sich an alles erinnern. „Du kamst in der Nacht an, gingst nicht nach Hause, sondern kamst direkt zu mir." „Damals gab es Arno, aber dich wollte ich schon immer." „In dieser Nacht passierte es, ich hütete mich nicht. Dann wurde ich schwanger." Diese Schlampe, kam der erste Gedanke, lebte mit einem anderen zusammen, aber von mir wurde sie schwanger. Er ballte die Fäuste, am liebsten möchte er sie, erwürgen. Langsam nahm die Vernunft überhand, neben ihm lag Ariel, wehrlos ihm ausgeliefert. Die Wärme ihres Körpers die er fühlte beruhigte ihn. Mein Sohn, ging ihm wieder durch den Kopf, wie süß ist er, sie wollte ja ein besseres Leben für meinen Sohn, nicht für sich. Ich konnte ihr sowieso, nicht fiel bieten. „Ja ich erinnere mich noch, nach jener Nacht gingst du den ganzen Morgen in der Wohnung herum, riebst dir den Bauch." „Mir ist es so angenehm im Bauch, sagtest du." Ja du kannst dich auch an das Datum erinnern, in den Unterlagen nachschauen." „Das kann man ausrechnen, damals passierte es, ich konnte es dir nicht sagen, es tut mir so leid." Ihre Stimme ist fest, sie ist sich sicher. „Arno mit

Bärbel, sind der netteste Leute, die ich je kannte, ich dachte mein Glück, mit ihm wird ewig sein." „Er besaß großen Reichtum, ich hatte es so gut bei ihm." Hier im Bett neben Ariel traf Simon die Entscheidung seines Lebens. „Wen es mein Sohn ist, werde ich ein Vater für ihn sein, du wirst meine Frau werden." „Wir werden heiraten." Brauchst du nicht, ich liebe dich ohne diese Formalitäten. „Ich liebte dich immer, das reicht mir." „Sage mal, wie werden deine Eltern, mit deinem Sohn Viktor reagieren, wen sie alles erfahren?" Ariel lachte los, „ich bin erwachsen, Mutter von zwei Kinder, kannst du dich noch erinnern?" „Ja nur für einen Moment vergas ich, dass eine starke Frau vor mir steht." Wieder Langes schweigen, „ich komme, so oft ich kann zu dir, dann entscheiden wir." Sie nahmen das Frühstück zu sich. Simon ging zum Eike, küsste den Jungen auf die Stirne, damit ging er weg. Er fuhr direkt auf die Arbeit. Tag über ist er mit seinen Gedanken bei Ariel. Was für eine Frau. Ich hatte keine Ahnung, dass sie meinen Sohn im Leibe trug. Ich fand meinen Sohn, was für ein Bursche, sein Gesicht ist aus meinem gegossen, auch so ruhig ist er, genau wie ich. Das alles ging ihm durch den Kopf, dabei wusste er, nicht dass es nicht stimmt. Schon als Kind, war er sehr aufgeweckt, ein Choleriker, erzählte die Nachbarin, dann ein Frauenheld, ein Rowdy, scherzte Sie. Abends nach der Arbeit machte er sich wieder zu Ariel. Er nahm den Kleinen an der Hand, sie gingen nach draußen. Der Stolz auf seinen Sohn überwältigte alles. Er spazierte mit ihm lange zusammen. Sie kamen zurück, da sagte Ariel zu ihrem Sohn, „Eike das ist dein Papa." Er schwieg. Er schaute Mal seine Mutter an, Mal Simon, mein Papa?" „Ja der andere Papa ist gestorben, das ist jetzt dein Papa." Eine Freude tauchte auf dem Gesicht des Kleinen auf. Er streckte die Händchen zu Simon, „mein Papa." Der nahm ihn auf die Arme, „mein Sohn", tränen rollten aus seinen Augen. Er ließ Eike auf den Boden, „Du bist aber schwer mein Junge." Ariel schrieb einen Brief an Bärbel, erzählte ihr, dass Sie heiratete, dass ihr Mann ein Deutscher ist, dass er Simon heißt. Bald bekam Simon eine neue Wohnung. Jetzt zogen sie zusammen. Sie erinnern sich noch, an die Freude, da sie eines Tages, die Post bekamen. Ein einfacher Umschlag. Der Brief kam aus Deutschland. Ariel öffnete ihn nicht. Sie hatte genug Geduld abzuwarten, bis Simon von der Arbeit kommt. Sie fühlte mit ihrem Herzen, dass der Brief relevant ist. Abends kam Simon nach Hause. Sie schaute ihn mit einem langen Blick an. Was schaust du mich so an? Wir bekamen einen Brief, ich wollte ihm, nicht ohne dich öffnen. Verwundert schaute er, wie Ariel den Brief aus ihrer Kitteltasche holt. Seine Lippen wurden plötzlich trocken, er leckte sie ab. Dan reicht er zu ihr die Hand, komm ich öffne ihn, ist vielleicht wichtig. Sie legte den Brief in seine Hand, langsam bedeutungsvoll wie einen Edelstein. Er öffnete den Umschlag. Der Brief ist von Bärbel. Sie schreibt, dass sie um den Kleinen sich sorgt, sagte Simon. Besucht uns in Deutschland, ich möchte euch alle hier sehen. So fiel Liebe, so fiel Besorgnis, zeigte Bärbel in diesem Brief, dass die Augen von Ariel feucht wurden. Ich schicke euch eine Einladung, schrieb sie zuletzt. Ich hoffe, dass wir uns bald wiedersehen. Sie konnten lange nicht einschlafen. Am Morgen traf Simon die Entscheidung. „Wir fahren hin, es ist ja auch ihr Enkel, sie fühlt es so." „Ich nehme Urlaub nach zwei Monaten, bis dorthin erledigen wir die Formalitäten."

Einverstanden sagte sie. „Eike, unsere Oma ladet uns zu Besuch ein, wollen wir nach Deutschland fahren?" Er schwieg eine Weile, „zur Oma?" Seine Mutter nickte", ja zur Oma." Er sprang vor Freude hoch", ich werde Oma sehen", schrie er, „wir fahren zur Oma." Seine Freude ist unendlich, wie auch die Freude seiner Eltern. Dann kam die Zeit zum Abreisen. Sie bekamen drei Monate in Deutschland zur Verfügung. Sie nahmen ein Flugzeug nach Potsdam. Dort am Flughafen empfing sie Bärbel persönlich mit ihren zwei Söhnen. Sie brachten ihre Gäste zu sich nach Hause. Bärbel ist von den Kleinen besessen. Sie last ihn keinen Schritt von sich, Sie hielt ihn ständig am Händchen, stoppte ihn mit Schokolade. Sie hatte davon einen Laden bevorratet, sagte Ariel zu Simon. Für Ariel, so wie auch für Simon, ist hier alles unbeschreiblich. Die Presse zu Hause, brachte einiges durch den Eisernen Vorhang, doch was sie hier sahen, übertraf alles. Die schönen privat Häuser, das restaurierte Erbe, das mehrere Jahrhunderte alt ist, alles faszinierte. Natürlich sahen sie in Deutschland auch anderes, Armut, Hunger, Bettler auf den Straßen. Doch man konnte, das alles nicht vergleichen mit dem Leben in ihrem Land. „Hier ist der Himmel auf Erden", sagte Ariel, „unser Land wird niemals so werden." Sie besuchten das Theater, schauten sich „Aida" an. Sie wollte vergleichen. Irgendwie gefielen ihr die Schauspieler hier besser, den die zu Hause, wenn auch alles Deutsch ging. Die verstehen ihr Handwerk, so Profis gibt es nur im Westen, dachte Ariel neidisch. „Ich liebe dieses Land", Simon ist begeistert, von der Vorstellung. „Hier möchte ich leben", sagt er. Doch die Zeit ging vorbei, sie mussten nach Hause. Am meisten litt die Oma Bärbel. Sie ließ den Kleinen nicht außer

Sicht. „Schau mal", Ariel zeigte mit ihrem Blick auf Bärbel, die mit Eike auf der Wiese, vor dem Haus spazierte. „Die anderen könnten mir egal sein, nur Bärbel, möchte ich nicht enttäuschen." „Eike soll immer ihr Enkel bleiben." „Ja das werden wir wohl für uns behalten müssen." Abends beim Essen besprachen sie die Abfahrt. Zur Verfügung gab es noch drei Tage. „Am liebsten möchte ich hier bleiben, doch das ist unmöglich", Simon atmet schwer auf. Ariel schaut Eike an, der neben Bärbel sitzt. „Möchtest du, hier bleiben, Eike?" „Ja sicher, bei Oma, darf ich?" „Ach Eike das geht nicht", in ihren Augen stehen Tränen, in den Augen von Bärbel auch, Ariel bereute ihre Frage. „Vielleicht später, ich möchte auch hier bleiben, aber das geht nicht". Nach drei Tagen verabschiedeten, sie sich unter Tränen von den Söhnen Arnos, mit der Oma, sie flogen mit einem Flugzeug wieder nach Hause. Eike fühlte sich gut, wen er auch behauptete, dass er bei Oma sein möchte. Eike war zehn Jahre alt, da schlug das Schicksal wieder zu. Es traf schwer die Familie. An jenem unglückseligen Tag, kam Simon nach Hause. „Ich muss nach einem Monat auf eine Dienstreise." Ariel schaute ihn an, „auf wie lange?" „Auf ein Jahr nach Mongolei." Ihre Knien wurden weich, sie ließ sich schwer auf den Stuhl. Simon machte manchmal eine Dienstreise, aber auf so lange, noch nie. „Dort ist doch das Leben so schwer, das Land ist zurückgeblieben, mit der Ernährung ist es dort schlecht", flüsterte Ariel. „Ich muss Liebes." Sie fing an zu weinen, „wie soll ich mit unseren Kindern zu Recht kommen?" „Du schaffst es, ist doch kein Krieg, außer dem kann ich in drei Monaten euch besuchen, eine Woche lang." Sie weinte ununterbrochen. „Du bist eine starke Frau Ariel", er umarmte sie. „Ich muss hin, wir sollen dort eine Funk-Station aufbauen, sie ist strategisch wichtig, sagte man uns." Ariel konnte sich nicht beruhigen, „was heißt strategisch wichtig, die Welt ringt um Frieden, soll das strategisch wichtig sein?" Sie fühlte, dass ein Unglück auf sie zukommt. Wenn sie nur wüsste, dass sie ihren Simon verlieren wird, bestimmt ließ sie ihn nicht von sich. Er versuchte, sie zu beruhigen. „Mein Lohn bleibt hier, uns wird dort, so fiel gezahlt, dass es zum Lebensunterhalt reicht." „Mach dir um mich keine Sorgen." Sie sagte nichts mehr, sie willigte einfach ein. „In drei Monate sehe ich dich zu Hause heil und gesund." „Abgemacht" er hob die rechte Hand, „Ehrenwort." Den Monat nutzte er um Klamotten zu kaufen, sich vorbereiten. „Dort in der Steppe ist es kalt", wurde ihnen gesagt. Dann fuhr er ab, alles schien in Ordnung zu sein, sie bekam genug Geld für die Familie. Simon schrieb, dass es ihm gut geht, das er gesund ist. „Das Essen hier ist auch in Ordnung, wir bekommen reichlich Fleisch, Gemüse, Milch." Dann kam der erste Urlaub, Simon verbrachte eine Woche zu Hause. Die Familie ist glücklich vor allen Eike. Er besuchte zu der Zeit schon die vierte Klasse, schien erwachsen zu sein, redete langsam, sagte das er mit seinem Bruder Ihre Mama beschützen. Sie schmunzelt, umschlingt Simons Arm. Sie geht mit ihm in die Küche. „Wir machen uns was zum Essen", „Der Hunger gibt sich zu erkennen." Sie saßen die ganze Zeit zu Hause, dicht beieinander. Ariel verließ das Ahnen nicht, das etwas passieren wird. Die Woche ging vorbei, dass sie es nicht Mal merkten. „Ich gehe heute nach meinen Papieren, morgen muss ich abfliegen, nach Ulan-Bator". Am nächsten Tag verabschiedete er sich von Ariel mit den Kindern, stieg in das

Taxi, das ihn zum Flughafen brachte. Ariel mit Eike schaute nach, wie das Flugzeug abhob. Abends aus den Nachrichten erfuhr sie, dass ein Flugzeug, von Typ Tupolew, auf dem Weg nach Ulan-Bator verunglückte. Ihr stach durch Herz, doch sie konnte nichts ändern. Sie rief in seiner Verwaltung an, fragte nach Simon. „Es ist ein Flugzeug abgestürzt, die Leute sind alle Tod, aber noch nicht identifiziert. Morgen erfahren wir mehr", sagte die Frau am Telefon. Ariel ist frustriert, alle ihre Wünsche gehen plötzlich den Bach runter. Sie konnte auf alles Verzichten nur nicht auf Simon, doch Simon ist nicht mehr da. Die Verwaltung versprach die Leiche ihres Mannes, nach Hause zu bringen. Alles auf Kosten der Verwaltung, doch das alles ist nur ein kleiner Trost, Simon bekommt sie nicht mehr zurück. Nur die Kinder, ihre Stütze, halfen ihr Leben. Dan wurde Eike 16 Jahre alt, jetzt entschied sie, ihm die Wahrheit zu erzählen. Der junge Mann ist jetzt hart genug, um alles zu erfahren. Eike konnte die Tränen nicht verbergen, er versuchte es auch nicht. Er wischte sich mit dem Handrücken die Tränen ab. Was für nette Leute gibt es, Leute wie Bärbel sie nahmen uns auf, wie ihre Kinder, obwohl sie alles leicht rausbekommen konnten. Am selben Abend, entschieden sie noch einmal nach Deutschland zu fahren. „Wen es geht, werden wir nach Deutschland ausreisen, die Zeiten ändern sich, die Gesetze werden locker", sagte Eike. „Oma Bärbel ist die Einzige, die wir haben." „Hier gibt es sowieso niemand mehr." Seine Mutter ist einverstanden. „Wir erzählen ihr alles dort", sagte Ariel, die muss bei ihrem Leben die Wahrheit erfahren, sonst bekomme ich keine Ruhe. Sie schrieb an Bärbel, dass Sie mit den Kindern, zu Besuch kommen wollen. Bärbel machte alles, was sie konnte, um ihren Besuch, geltend zu machen. Nach einem Monat kam ein Brief, mit ihm die Genehmigung für 3 Monate Deutschland zu besuchen. Nach einer Woche stiegen sie aus dem Flugzeug in Potsdam. Der Freude von Bärbel mit Eike, den Sie ständig mein Engel nannte, ist unermesslich. Am ersten Abend legte Ariel ihrer Konkurrentin, auch Freundin zugleich, die Wahrheit auf den Tisch. Zur Verwunderung von Ariel nahm Bärbel alles locker, sie sagte, dass Sie von Anfang an, alles wusste. „Arno erzählte mir immer alles, ich wehrte ihn nicht ab, Arno brauchte ja eine Frau, ich dagegen, bin unheilbar krank." „Da ich die Kinder schon immer mochte, gewann ich den kleinen Eike so lieb, wie meine eigenen Kinder." Den Rest weißt du, ich liebe meinen Enkel, so wie auch früher, wen er auch schon groß ist. Sie streichelte Eike, der neben ihr saß über sein blondes lockiges Haar. „Ich danke dir Ariel, dass Arno vor seinem Tode ein paar schöne Jahre hatte. Oma gab Eike, einen Kuss auf den Backen. Sie lächelte. „Bring mir bitte ein Glas Wasser, bat sie, ich bin durstig.

Luna

Der Bus kommt zum Stehen, der Menschenstrom klemmt sich durch die Tür ins Freie. Fahrgäste, die ausstiegen, können jetzt aufatmen. Von Altintopkan, so heißt die Goldmiene in den Bergen, bis zur Stadt, fährt der Bus knapp eine Stunde. Die Stadt ist nur zwanzig km entfernt. Das schaukeln, das Quietschen der Metalleile ist unerträglich, „ich dachte, dass ich mich übergeben muss", sagte nachher Hauke. Man musste das dulden. Ich bin einer der Fahrgäste, die auf dieser Strecke verkehren. Andere Möglichkeit gibt es hier in der Gegend keine. Der Weg führt durch die Berge, dazu ist er sehr ungepflegt. Die Väter der Stadt, denken offensichtlich, auf dieser Strecke einen neuen Bus kaputt fahren, ist viel zu schade. Deshalb verkehren auf dieser Stärke nur Alte Busse. Trotz der schlechten Straße fährt der Bus jeden Tag zwei Mal zu Goldmine. Er bringt wie auch heute, seine Fahrgäste zu ihrem Ziel. Gerade spuckte er, einen Menschenstrom aus, sofort füllt sich sein Inneres mit einem Neuen. Unter ihnen bin dieses Mal auch ich. Fahrgäste die es schafften sich einzuquetschen, bewegen sich im Salon des Busses. Jeder möchte ein Plätzchen finden, wo er nicht so sehr eingeklemmt ist. Von einem Sitzplatz kann hier kaum die Rede sein, überlegte ich. Ich setzte meine Körpersprache ein. Ich schaffte es, dank meinen Ellenbogen bis zur Mitte des Salons, stehe eingequetscht von Menschen, sodass ich mich kaum bewegen kann. Plötzlich nehme ich wahr, dass jemand mich beobachtet, jemand den ich kenne, starrt mich an. Das Gefühl hatte ich schon immer, wen mich unerwartet jemand anstarrte. Ein leichtes Kribbeln in der Magenhöhle. Ich drehe mich um, hinter mir steht ein Mann, meines Alters. Er schaut mich aufmerksam an. Er fängt meinen Blick, jetzt lächelt er. Abneigend schaue ich ihn an. Doch in ihm ist etwas, was mir bekannt vorkommt. Er öffnet den Mund. „Artur", höre ich seine Stimme, durch den Krach den der Bus macht. Die Stimme ist mir bekannt, sie sticht mir durchs Herz. Ich erstarrte für eine Weile. Dann erkannte ich sie. Meine Hände fangen ungewollt an zu zittern, mir ist zu weinen. Ich nahm ihn wieder ins Auge. Die Stimme ist mir so nahe. Mein Gedächtnis versagte dieses Mal nicht, es kommt mir zur Hilfe. „Mein lieber Hauke, ich traue meinen Augen nicht, sehe ich tatsächlich dich?" Ich fragte nur so, wollte ihm zeigen, dass ich ihn erkannte. Sein Lächeln ist mir auch heute, nach vielen Jahren bekannt. „Endlich, du alte Schachtel", er sagte es so laut dass die Leute, die neben uns stehen, ihre aufmerksame Blicke auf uns richten. „Hauke wiederholte ich." Den altmodischen Namen bekam er dank seiner Oma. Die bestand darauf, sonst wollte sie den Kleinen nicht pflegen, erzählte mir einst Hauke, offensichtlich ist dieser Name meiner Oma nahe", lächelte er. Wie Nahe, das wusste er natürlich nicht. Irgendwie geht mir das jetzt durch den Kopf wen für mich, auch nicht von Bedeutung ist, warum die Oma den Kleinen unbedingt Hauke nennen wollte? Das fiel mir jetzt ein. „Wie komisch die Alten", dachte ich damals, bei unserer erster Begegnung. Darauf fragte ich, „darf ich dich Hauke nennen?" „Mir scheint, der Name klingt schön." „Meinetwegen, wen du willst?" Er zuckte mit dem Acheln. Jetzt im Bus umarmten wir uns herzlich. Zum Glück ist in dem prall gefüllten Blechkasten dass noch möglich. „Erkanntest du mich nicht sofort?" Ihm verschlug es unerwartet die Stimme. „Nicht sofort, aber jetzt erkenne ich dich, mein alter Freund Hauke." Du sehest genauso aus, wie in den alten Zeiten, wo steigst du aus?

„In der City", schrie er mir am Ohr. „Mir zerreißt das Trommelfell, wen du schreist, mein Freund." „Bis zur Stadtmitte bleiben noch ein paar Minuten, dann quatschen wir ein wenig". Hauke nickt einverstanden. „Hier versteht man sowieso kein Wort", schreit er mir am Ohr. Den Rest der Strecke standen wir dicht nebeneinander. Wir schauten uns schweigend, gegenseitig an. Wir genossen die Freude, einander zu sehen. Der Motor des Busses poltert sehr Laut, einander zu verstehen, ist sowieso unmöglich. Endlich kamen wir in der City an. Mein Freund schaute sich um. An der Halle gegenüber ist oberhalb der Tür ein durchgerostetes Blechschild angebracht, draufsteht, Bier-Wasser-Limo. Sein sehnsüchtiger Blick auf das Schild, das Lecken seiner trocknen Lippen sagt mir, dass er vor Durst stirbt. „Gehen wir rein, mein Freund, bei der Hitze gibt es nichts Besseres." Er ist meiner Meinung. Nicht viele Leute in der Halle besetzen die Tische, wen es draußen auch sehr heiß ist. Offensichtlich ist bei einem anderer Verkäufer, heute das bessere Bier. Dieses Mal ist es uns egal, unsere mit Schweiß durchtränkte Klamotten kleben an der Haut. Die Müdigkeit, von der wir befallen sind, ist unerträglich. Wir möchten so wie so, keine andere Halle aufsuchen. Mein Freund geht zur Theke, er kommt mit zwei Bier zurück. Ich suchte derzeit einen freien Tisch aus. Auf eine Weile, stellte sich ein schweigen ein. Wir machten einen ordentlichen Schluck, aus den Gläsern, danach nahmen wir Platz. „Was treibt dich zu uns, mein Freund." Er lächelt, „ich bin auf der Dienstreise." „Auf der Dienstreise?" „Ich bestelle hier ein paar, Schlauchbote in eurer Gummifabrik, für unsere Verwaltung." „Am Montag fahre ich weiter." „Warum so schnell Hauke?" „Wie geht es dir", fragte er, ohne meine Frage, zu beantworten. Er legte seine Hand, auf meine, „wir sahen uns eine Ewigkeit nicht." Es kam aus dem Herzen. „Ich lebe hier mein Freund, seit vielen Jahren, sagte ich müde. „Wo ist dein Wohnort?" „Nawoi die Stadt kennst du bestimmt" „Ja aber nur vom Hören, ich sah diese Stadt noch nie." „Dort entdecke man Gold, sie befördern Gold aus den Minen." „Hier, in unserer Stadt, gibt es eine Gummifabrik, die produziert Autoreifen Schlauchbote, Zelte etc." belehrte ich ihn. „Ja das weiß ich, deshalb bin ich hier." „Erinnerst du dich noch Hauke, an die Stadt in der wir vor Jahren lebten?" Mein Freund schaut mich an, sein Blick wird nachdenklich. „Ja natürlich, die Stadt vergesse ich nie." „So viel Schönes, wie dort, erlebte ich nirgends." „Weißt du, mir gefiel der Badestrand am Fluss." Die Bot-Ausleistelle stelle, der Fluss Amy, mit seinen unzähligen Inseln. Einige sind mit Rohr zugewachsen, auf den anderen gibt es einen wundervollen Strand mit feinem rotem Sand." „Die Mutter Natur richtete solche Inseln extra zum Baden ein", sagte ich. „Man konnte ein Bot ausleihen, auf eine Insel rudern, dort zusammen mit einem Madl die Zeit verbringen." „Man rudert, badet, entspannt sich, tankt auf die bevorstehende Woche Gesundheit." „Ja dort fühlt man sich mit der Natur vereint." Hauke wirkt nachdenklich. „Die Zeit ist unvergesslich, mein Freund, erinnerst du dich noch?" Unseren Fragen gab es kein Ende. „Das Planetarium im Park, erinnerst du dich an unseren Park." „Natürlich erinnere ich mich, auch an die Menge von Rosen." „Wir wunderten uns, wie die Arbeiter solche wundervollen Rosen bis spät in den Herbst so frisch erhielten." Wir riefen ins Gedächtnis die Reederei, das Wohnheim der Reederei, in dem wir ein jahrelang ein Zimmer teilten. Erinnerst du dich, sprach Mal der eine, Mal der andere. Nach einem Glas Bier überschlug sich das Thema auf Frauen. Mir fiel ein, dass ich vor einiger Zeit, in unserer Stadt eine Frau traf, die auch aus der Stadt unserer Jugend kommt. „Sie heißt Luna", sagte ich zu Hauke. „Wie seht Sie den aus?" Ich beschrieb sie ihm, so wie ich konnte. „Schwarzes Haar, europäisches Gesicht, ich meine nicht wie bei den Asiaten, eine angespitzte Nase, schöner schnitt der Augen". „Weißt du Hauke, wen Sie mich anschaute schien mir, dass Sie mich durchschaut." „Sie hatte auch einen wunderschönen Umriss, des Mundes." „Ihre Lippen könnte man ewig küssen." „Eine schöne Frau", fügte ich hinzu. Ich lies meinen Blick auf ihn gleiten. Ich sah das mit ihm was passiert, in seinem Gesicht ändert sich was. Seine Stirnfalten glätten sich, er schweigt angespannt, doch ich sehe, dass diese Frau vor seinen Augen steht. Woher mag der die kennen? „Weißt du zufällig auch, wo sie damals arbeitete?" Ich schaute Hauke an, ihm ist wichtig, von ihr alles zu wissen. „Ja ich erinnere mich noch, Telefonistin im Hauptquartier der Stabskompanie." „Das ist Sie, kein Zweifel mehr", seine Hände zittern, ich sehe die Aufregung in seinen Augen. „Was ist mit dir mein Freund?" Mir schien, er dreht durch, so verwirrt schaut er mich an. „Beruhige dich Hauke, sie lebt in der Stadt, du findest sie, wen du willst." Seine Augen sind feucht. „Meine Luna", flüstert er, „das ist meine Luna." Ich schaute verwundert zu, wie er langsam zu sich kommt. Endlich bekam er seine Gefühle, in griff, seine Hände hören auf zu zittern. „Ich kannte diese Frau", sagte er nach langem Schweigen. Ich hob die Augenbrauen. „Sie ist eine wundervolle Frau, ich war damals wahnsinnig verliebt in sie, ich bin es heute noch", flüstert er. Seine Stimme klingt so zärtlich, dass ich ihn wieder aufmerksam anschauen musste. Ich wusste nicht, ist es sein verborgenes Geheimnis, ist es eine jugendliche Affäre, die er mir unerwartet verriet. „Sein Herz sagt ihm was", dachte ich. Eins ist mir klar, ich berührte, die inneren Seiten seiner Seele, in dem ich ihm von dieser Frau erzählte. Wir saßen lange im Park. Der Tag neigte sich zum Abend. „Ich bin total müde von dem langen Weg, du weißt ja, wie anstrengend es ist, im überfüllten Bus zu fahren." Ich schwieg mit einer mitleidigen Miene auf meinem Gesicht. „Heute lies ich eine lange Strecke hinter mir, jetzt muss ich mich ausruhen", fügte er hinzu. Ich sah, dass ihm nicht zumute ist, weiter zu quatschen. Doch ich bin angesteckt, von seinen Gefühlen, ich will um jeden Preis sein Geheimnis lüften. Die Geschichte von seiner Luna wollte ich bis zum Ende hören. Es konnte passieren, dass er wegfährt, dann erfahre ich niemals, was ihn mit Luna, über so viele Jahre verbindet. „Luna erzählt mir diese Geschichte niemals", dachte ich, „wen Sie, sie mir aber erzählt, wird sie anders aussehen. Hauke erzählt sie mir anders. „Können wir uns Morgen treffen, sonst fährst du weg, wir aber, sehen uns vielleicht ein paar Jahre nicht." „OK mein Freund, wir treffen uns morgen am Kreisel, wo der Bus heute anhielt. Mein Hotel ist daneben." Wir sahen uns tatsächlich, eine Ewigkeit nicht. Ich schämte mich nicht, meine Freude zu zeigen, „einverstanden so um zwölf?" „OK, um zwölf, ich bin sowieso frei." Wir gingen auseinander, mit meinen Gedanken bin ich bei Hauke. Was ist die Ursache. Was kann einen Mann an eine Frau, die er Jahrzehnt nicht sah, vielleicht auch nie mehr sehen wird, so stark fesseln. Warum ist er so aufgeregt, warum reagierte er so zärtlich, wen ich ihren Namen nannte. Die Freude, dass ich meinen Freund traf, dass ich sein Geheimnis morgen rausbekomme, ließen mir keine Ruhe. Meinen Freund verbindet tatsächlich was Besonderes mit dieser Frau, dachte ich, bevor ich einschlief. Mein Schlaf unterbrach sich mehrmals. Jedes Mal, wen ich aufwachte stand mein Freund vor mir, neben ihm seine Luna, eine Frau, die ich nur einmal im Leben sah. Was ist mit Luna, was steckt dahinter. Am nächsten Morgen konnte ich es kaum erwarten, um nicht zu frühe loszurennen. Ich ließ mir Zeit, beim Duschen, nahm mein Frühstück zu mir, zog meine Klamotten an, die ich gestern schon in Ordnung brachte. Bei einem unverheirateten Mann ist es meistens der Fall, die Klamotten sind niemals bereit. Zumindest ist es bei mir so. Heute ist alles bereit. Warum reagierte er so, wen er den Namen hörte, ich sah nichts Besonderes an ihr. Eine schöne Frau, von denen es viele gibt, nur ihre Augen. Warum nur, diese Frage lies mir keine Ruhe. Weil sie die Gabe besitzt, einen zu durchschauen? Die Zeit ging voran. Es ist kurz vor zwölf, ich bin am Treffpunkt. Mein Freund ist nicht da. Ich stellte mich im Schatten eines Kastanienbaumes, von denen man hier, vor ein paar Jahre, einige einpflanzte. Die Sonne heizt kräftig. Ich freue mich dem Schatten dieser Edelbäume. Es vergingen ein paar Minuten, jetzt sehe ich ihn. Er kommt direkt auf mich zu, allem nach, sah er mich aus der Ferne. Wir umarmten uns. Hast du schon gefrühstückt? Blöde Frage, dachte ich es ist zwölf Uhr „Ja, im Hotel, gab es gutes Essen, danke der Nachfrage." Ein Schweigen stellt sich ein. Ich wollte ihn an Luna nicht erinnern, er dagegen vergas offensichtlich unser Gespräch von gestern. Seit Kurzem gibt es bei euch eine Bildergalerie, die gab es nicht, wollen wir reingehen? „Ja, mein Freund gerne." Wir gingen zu Fuß im Schatten der Kastanienbäume. Die Bäume verlieren schon das Laub, es ist angenehm aufzutreten. Wer noch nicht über Laub latschte, soll es probieren, sehr angenehm, sagte mein Freund. Wir kamen zur Galerie. Die Tür öffnete sich von sich selbst, was zu dieser Zeit, in diesem Land, nicht Selbst verständig ist, wir gingen rein. Die Väter der Stadt haben offensichtlich ein Herz für die Galerie. Plötzlich stehen wir Mitte in einem Wunderland. Ein Teil der Bilder ist aus dem Leben unserer Stadt, gemalt vom Ufimzev, einen berühmten Künstler. Er schenkte ein Teil seiner Bilder unserer Stadt. Die Galerie wurde beliebt von den Bürgern, so auch den Gästen. Sie bot einiges, was andere nicht bieten können. Wenn die Besucher, das Objekt das auf dem Gemälde aufgezeichnet ist, live sahen erfüllen sich ihre Herzen mit Stolz für unsere Galerie. Sie können die Details vergleichen. Wir sahen uns die Bilder an, es macht Spaß über unsere Stadt zu reden. „Sage mal, bist du verheiratet?" „Wie geht es deiner Familie, den Kindern?" Er überflutete mich mit Fragen. Die Fragen kamen unerwartet. Fragen aus meiner Vergangenheit mag ich nicht. Hier aber steht mein bester Freund vor mir, den ich nicht anlügen konnte. „Nein, keine Frau, keine Kinder. Du selbst gibt es bei dir eine Familie?" „So eine, wie meine Luna, traf ich nicht." Ich fühlte mich mies. Eine halbe Stunde quatschen wir über alles, nur von Luna fiel kein Wort, außer ihren Namen. Ich glühte buchstäblich vor Neugier, dabei hatte ich den Mut nicht, ihn an Sie zu erinnern. Von dem Thema, das mir schon eine schlaflose Nacht bereitete, fiel kein Wort. Ich fuhr zusammen, da er sagte, „eine wie meine Luna." Jetzt erfahre ich etwas. Ein Zittern geht durch meinen Körper, meine Neugier, ist unendlich groß. Hauke holt tief Luft ein." Meine Luna", wiederholt er. „Hauke du kannst mit deinem Schweigen, mir die Seele aus dem Leibe hohlen", flüsterte ich. Über diese Frau, mit jemandem zu reden, fiel ihm schwer, das konnte ich verstehen. Seine Gefühle hatte er in seinem inneren, über Jahrzehnte verborgen. Am liebsten behielt ich das für mich, sagte mein Freund. Er sah dass ich ihn, wie ein Bettler anschaue. Nach kurzem Schweigen fing er an. „Weißt du,

mein Freund, damals hatte ich die Schönste zeit meines Lebens."
„Zu der Zeit schien mir, dass ich alles kann, mir gelang
tatsächlich alles, was ich wollte." Hauke schwieg eine Weile."
„Eines Tages kam in unsere Fernsehwerkstatt ein uniformierter
Mann mit Abzeichen eines Leutnants." „Zu der Zeit arbeitete ich
in einem Fernseher Atelier". Ich stand hinter der Theke. Kunden
gab es im Moment keine. „Guten Tag, Nikolai ist mein Name",
er reichte mir die Hand. Ich stellte mich vor, schüttelte die
ausgestreckte Hand, „angenehm" sagte ich. Zu der Zeit machte
unser Chef, Kutin Urlaub, er übergab, seine pflichte mir.
Überfüllt vom Stolz stand ich hinter der Theke. Es ging
eigentlich nur darum, Geräte zur Reparatur annehmen, die
reparierte dem Kunden zurückgeben, der Belegschaft die
benötigten Ersatzteile aushändigen. Aus diesem Grund, nahm
ich Platz an dem Tag hinter der Theke, wen ein Kunde kam.
Meinem Schicksal verdanke ich, dass dieser Leutnant kam, da
ich gerade hinter der Theke stand. Dieser Visite verdanke ich das
schönste, auch schlimmste in meinem Leben, das mir Jahrzehnte
lang Hoffnungslosigkeit gemischt mit Leid bereitete. Ich schaute
den Leutnant an, „wie kann ich ihnen helfen." Auf unserem
Sender sind ein paar Dioden defekt, könntest du mir aushelfen?
Er nannte mir die Marken der benötigten Teile. Zum Glück gab
es die bei uns. Er nannte mir die Zahl, er brauchte nicht sehr
viele. Ich schaute in den Schubladen, von den Teilen gab es
reichlich. Ich konnte ihm, die benötigte Zahl geben, ohne Ärger
mit meinem Chef zu bekommen. Er fragte, was diese Teile
kosten. Er gab mir das Geld. „Kann ich wiederkommen, wenn
ich was benötige?" „Sicher, wen das benötigte, da ist", ich zuckte
mit den Achseln. Er ließ die Hand in seine Manteltasche, zog
eine Flasche Wodka heraus, dürfen wir uns ein kleines

genehmigen? Wir stießen an, auf unsere Bekanntschaft. Nikolai ließ die Flasche auf der Theke," das ist für dich, mit den Jungs nach der Arbeit." Damit verließ er die Werkstatt, ich schaffte es, gerade noch danke zu sagen. Der Feierabend kam, ich gab den Wodka unseren Jungs. „Das ist für euch von einem Kunden hinterlassen, sie grinsen." Sie tranken zufrieden den Wodka. Leute, denen man sämtliche Teile verkaufte, gab es jeden Tag. Bald vergas ich, dass ein Nikolai nach teilen kam. Doch mein Schicksal wollte, dass wir uns mit ihm noch einmal, bei einer besonderen Angelegenheit trafen. Eines Tages besuchte unsere Werkstatt eine junge Frau, sie bat Kutin, der hinter der Theke stand mich zu rufen, sie nannte ihm meinen Namen. Ihr Ton sagte, dass wir einander lange kennen. Er öffnete die Tür ins Reparaturzimmer, „Hauke, besuch für dich." Ich ging, in das Annahmezimmer. Kutin redete mit einem Kunden, etwas seitwärts stand eine, mir unbekannte Frau. Die Dame sah mich, kam bei, „Ihr Name ist Hauke", ich verneigte mich. Sie lies meine Verneigung ohne Beachtung, „mich schickt Nikolai, mein Chef, dem sie einmal halfen." Ich zuckte ahnungslos mit den Achseln. „Ich soll Sie fragen, ob sie dieses Teil mir verkaufen können", sie zeigte mir einen Varistor. Die Frau hat eine angenehme Stimme, in ihr ist etwas, das mich zu ihr zieht, schon beim ersten Sehen, dachte ich. Hauke schaute mich an, „glaubst du mir?" „Ja mein Freund, jedem Wort." Ich war jung, selbstbewusst, mir schien, dass mir alles gelingt, was ich will. Ich nahm von ihr das Teil, ging zu meinem Arbeitsplatz. Aus der Schublade, holte ich ein Neues, brachte ihr es mit den Worten, bitte nagelneu. Sie lächelte dankbar. „Was kostet das?" „Nichts", ich begleitete Sie nach draußen, Kutin spähte mir nach. „Bestellen Sie einen Gruß an Nikolai." „Mach ich, danke für das

Teil." Da platzte ich raus, „sind Sie verheiratet?" Ich muss verrückt sein, ging mir durch den Kopf. Die Frage ist saublöd, das merkte ich jetzt. Ich wollte kehrt machen. Doch Sie lachte plötzlich los. Ihr Lachen ist so angenehm. „Sie Stellen Fragen, gleich zur Sache." Sie schaute mich kokettiert an, „nein ich bin nicht verheiratet." Mein Herz sprang in meinem Leibe. Ich überhörte ihr Lachen, darf ich sie ins Kino einladen? Sie schaute mir in die Augen, Sie wollte sich vergewissern, dass ich noch normal bin. So dachte ich damals. Ich ließ meinen schelmischen Blick zum Boden sinken. Plötzlich hörte ich, „warum auch nicht, ich bin am Samstag frei." Samstag um acht vor dem Kino? „OK um acht." Jetzt erst fiel mir ein, Entschuldigung darf ich Sie nach ihren Namen fragen? Ein Lächeln tauchte wieder auf ihrem Gesicht auf, sodass ich vor Begeisterung zerfließen konnte. Luna sagte Sie, ihre Stimme klang so angenehm. Auf Wiedersehn, bis Samstag. Sie ging den Bürgersteig entlang, ich stand da, schaute ihr nach, was für eine Frau, dachte ich. Wen ich nur wüsste damals, dass die Bekanntschaft mit dieser Frau, mir beinahe das Leben kosten wird, mich sogar ins Krankenhaus bringt. Hauke schwieg kurz, mein Handeln, denke ich, wäre anders, ich weiß es nicht. Was für eine Frau, für die mein Freund sein Leben lassen konnte? Es vergingen zwei Tage. Mich begleitete ein glücklicher Zufall. Unsere Belegschaft, darunter auch ich, ging in die Schneiderei um unsere Hosen, die wir dort, vor einigen Tagen bestellten abzuholen. „Höre mal zu, Hauke", unterbrach ich ihn, „was heißt, für die Belegschaft?" „Ich muss dir das erzählen", sagte er, woher das Geld kam, um für unsere Belegschaft Hosen aus gleichem Stoff, gleiches Muster zu bestellen. „Machtet ihr krumme Geschäfte?" Ich schaute ihn grinsend an. „Das Geld, das wir ständig schwarz verdienten, gaben wir einem Kollegen zum Aufbewahren, jetzt grinste Hauke. Der Mann, der unser aller vertrauen gewann, hieß Juri. Unseren Mitarbeitern ging es zu der Zeit nicht schlecht, in der Werkstatt herrschte eine freundschaftliche Harmonie. „Wir gingen alle zusammen essen, das wurde mit dem Schwarzgeld bezahlt." „Weist du, wen Geld frei ist, gibt es auch Ideen." Ich nickte einverstanden, „kann ich verstehen." Eines Tages fiel unseren Jungs, Kolja mit seinen Kollegen etwas Besonderes ein. „Sie kamen morgens auf die Arbeit. „Leute, es gibt eine Idee." unsere Blicke richteten wir auf die Zwei. „Wollen unserer Belegschaft, Hose nähen lassen, alle gleichen Musters, wir werden Sau geil aussehen." „Bezahlen vom Schwarzgeld was?" Spießte Juri. Die Idee gefiel sogar Kutin, unserem Chef. Gleiches Muster sieht nach Prestige aus. Da wir mit den Kunden arbeiten, ist unser äußerliches Aussehen wichtig, sagten die Jungs. Der Tag kam. Wir gingen alle zusammen in die Schneiderei, suchten uns Stoff für unsere Hosen aus. Ich erinnere mich noch, „der Stoff darf nicht so teuer sein", warnte uns Juri. Der Meister nahm von jedem das Maß, ihm wurde gesagt, dass alle Hosen, gleiches Muster haben sollen. Mit dem Muster, waren alle einverstanden, ausgenommen einen, Viktor der ältere unter uns. „Ich will keine Schlaghose, ich bin zu alt", meckerte er, „das ist Jugendmode." Meine Neugier brach durch. „Gelang es euch, ihn zu überredet Hauke?" „Ja, wir hielten zusammen, es gelang uns." „Dein erstes Lächeln heute, mein Freund", dachte ich von Hauke. Ich muss sagen dass Wiktor, in der neuen Hose am geilsten aussah, „dir steh die Hose perfekt", sagte Mal einer, Mal der andere. Nach zwei Wochen kam die Nachricht, dass unsere Hosen fertig stehen zum Abholen. Am Freitag traten wir im Gänsemarsch in die Werkstatt des Schneiders ein. Jeder bekam seine Hose zum

Anpassen, sie sind alle OK, sie passen alle. Juri bezahlte mit dem Schwarzgeld für alle Hosen. Überfüllt vom Glück, machten wir uns zur Werkstatt. Dort stießen wir auf unsere neuen Hosen an. Der Samstag kam, mein Schicksal, erwies sich nett zu mir. Ich zog meine Hose an, schaute nörglerisch in Spiegel, ich fand mich in den Schlaghosen OK. Die Zeit kam, ich ging zum Stelldichein mit Luna. Zur vereinbarten Zeit kam Sie zum Schauspielhaus, wo ich schon auf Sie wartete, mit den Eintrittskarten in der Hand. Es blieben noch ein paar Minuten bis zur Vorführung. Ich schlug vor, einen Spaziergang entlang dem Schauspielhaus zu machen. So niedlich dachte ich, sie kann so geschickt das Gespräch führen, im Gegensatz zu mir. Ich wusste, dass Sie bei dem Militärstab, arbeitet. Nikolai ist ihr Vorgesetzter. Natürlich schickte Sie Nikolai in die Werkstatt nach den Teilen. Natürlich trug er im Hinterkopf den Gedanken, dass Sie mit ihrer reizenden Figur, mit ihrem Scharm, von mir alles bekommen wird. Ich schaute Hauke grinsend an. Er sah mein Grinsen, „ich bin Nikolai für den Schwindel nicht Böse, im Gegenteil, dankbar für das größte Glück, das mir im Leben widerfuhr. Nach kurzem Spaziergang gingen wir rein. Die Vorführung begann. Hauke wirkte nachdenklich. Ich nahm an, dass jener Abend, die kurze Bekanntschaft mit Luna, vor seinen Augen steht. „Genauso, wie vor Jahren?" Hauke nickte, du trafst den Nagel auf den Kopf. Ungewollt überfluteten mich meine Erinnerungen. Mir stand meine jungend vor Augen, meine erste große Liebe, für die ich alles geben konnte. Damals lebte ich die schönsten Jahre meines Lebens. Ich schaute Hauke an. Mir kamen unerwartet die Tränen, ich drehte mein Gesicht von meinem Freund ab, „entschuldige ich werde larmoyant." Ich brauchte Zeit um mich zu beruhigen. „Wir wollen eine Kantine aufsuchen, einen Pilaw essen, die Zeit neigt zum Nachmittag." Hauke willigte ein. Eine Kantine gab es um die Ecke. Außerhalb der Kantine neben der Tür steht ein großer Kochkessel auf dem Herd, der ist noch zum Viertel gefüllt mit Pilaw. Der Koch gab jeden eine Portion von dem aromatischen, duftenden Reisgericht, mit einem Häufchen Fleisch oben drauf. Das Gericht roch nach Fleisch, es qualmte wie ein Vulkan. Wir nahmen unsere Teller, gingen rein. Zum Glück gab es noch freie Plätze. Wir wählten einen Tisch aus, am offenen Fenster, weil die Luft, dort Frisch ist. Wir stellten unser Essen drauf. Nachher ging ich zur Theke lies mir zwei Kännchen grünen Tee aufbrühen, brachte den aromatischen Tee mit zwei bunt bemalten Tassen zum Hauke. Das Essen schmeckt ausgezeichnet. Einen Pilaw zu kochen, ist eine Kunst, „dieser ist perfekt", lobte den Koch Hauke. Schweigend aßen wir unseren Pilaw, tranken unser Tee obendrauf. Der Koch holte die leere Teller ab, noch ein Kännchen Tee? Er schaute Hauke, an, den er nicht kannte. Der nickte, wir können eine Weile hier bleiben. Der Koch brachte uns den Tee, das Reisgericht benötigt fiel Flüssigkeit. Wir lehnten uns zurück, mein Freund machte noch einen Schluck. Nach einer Weile fuhr er mit der Geschichte von Luna fort, exakt dort, wo er vor dem Essen aufhörte. Der Film begann, wir saßen dicht nebeneinander. Die Leinwand ist vor uns. Das Licht im Saal geht aus, auf der Leinwand erscheinen die ersten Titel. Eigentlich schaute ich selten auf die Leinwand. Nach dem wir aus dem Kino rausgingen, wusste ich nicht, wovon es im Film handelte. Ich saß dicht neben ihr, lauschte ihren leisen Atem. Ich beobachtete Sie ständig aus dem Augenwinkel. Ihr Gesichtsprofil wechselte seine Farbe, sobald auf der Leinwand ein Bild anderer Farbe erschien. Dieses Gesicht machte mich verrückt, dabei dachte ich blöderweise, dass Sie es nicht merkt. Der Film ging zu Ende. Der Menschenstrom brachte uns an die frische Luft. „Wie gefiel ihnen der Film?" Sie zuckte mit den Achseln, „nichts Besonderes, ich hatte mehr erwartet, was ist mit ihnen?" Ich gab ihr eine ehrliche Antwort, „Mir fehlte die Aufmerksamkeit, ich behielt fast nichts." „Ich weiß", sagte Sie. „Woher wissen Sie das?" Einfach, solange der Film ging schauten sie nur auf mich, nicht auf die Leinwand". Ich wurde rot, wie ein Jüngling der bei einer schlechten Tat ertappt wird. Damals hatte ich die Eigenschaft mich zu röten, noch nicht verloren. Dank der Dunkelheit konnte sie es nicht sehen. Ihre Wohnung hatte sie in einem vierstöckigen Haus. Dieses Haus, mit dieser Wohnung werde ich bis zu meinem sterblichen Ende nicht vergessen. Sie ist ziemlich weit entfernt, vom Schauspielhaus. „Darf ich Sie zu ihrem Hause begleiten?" Ich wollte länger bei ihr sein. Sie nahm meinen Vorschlag sofort an. „Gut aber ich warne sie, ich wohne weit von hier." Wir unterhielten uns den Ganzen weg, von allerlei, ohne Bedeutung. Ich sagte schon, dass Sie eine gute Gesprächspartnerin ist. Bald passierte es von selbst, dass wir einander duzten. Die Zeit floh, mit ihr auch ich, wie auf Flügel. Ich merkte nicht Mal, dass wir schon vor ihrem Haus stehen. „Hier wohne ich", sagte Sie. Im Licht der Straßenlaterne brachte ich bedauern, auf mein Gesicht. Wir schwiegen eine Weile. Sie überlegte was, dann sagte Sie, „am 23 Februar, ist Feiertag, Tag der sowjetischen Armee. Bei uns im Militärstab gibt das Militär, einen Maskenball." Wie schön für euch. Sie überhörte meine Replik. „Ich lade dich ein, mit mir zu feiern." Ich kam ins Staunen, mir blieb beinahe der Atem stehen, „einen Ball mit dir zu feiern ist mir eine Ehre." „Mit so einer Frau wie du", ich stutzte, „es ist die Höhe meiner Träume, ich kann es kaum fassen." Ich muss sagen, in dem Moment, empfand ich es genauso." „Ich schleime nicht", Sie lächelte. „Luna wird auch Nikolai da sein?" Die Frage rutschte mir ungewollt von der Zunge. „Sicher", sagte sie höhnisch, „reicht es dir nicht, dass ich bei dir sein werde?" Ich ertrug einen schmerzhafter stich in mein Gewissen. Ich fing an, mich zu entschuldigen. So gemeint ist das nicht Luna, selbst verständlich, brauche ich niemand außer dir." Sie gefiel mir immer mehr, ohne unnötiges Kokettieren, gesprächig, schien sie mir unerreichbar zu sein. Dabei ist Sie so ersehnt. Ich stand da, bereit die ganze Welt, zu ihren Füßen legen. Mich zog es unheimlich zu ihr. Sie umarmen, an meine Brust drücken, das ist die Höhe, das ist mein sehnsüchtiger Wunsch, dachte ich. Doch das, wagte ich nicht, meine innere Stimme sagte mir, das kannst du dir nicht erlauben, du machst alles kaputt. Ihr gelang es mich auf Distanz zu halten. Wir unterhielten uns fast eine Stunde vor ihrer Haustür. „Ich muss ins Haus gehen". Sie reichte mir die Hand. Ich schüttelte dieses niedliche Händchen, im Licht der Straßen Laterne mit großem Gefühl. Ich weiß es nicht, ob ich noch jemand die Hand mit so viel Herz schüttelte. „Wir sehen uns am 23 hier um 8 Uhr abends", sagte Sie. Ich konnte nur Ja sagen, da verschwand Sie schon hinter der Tür. Das Schloss rastet mit einem Knall ein, meine Luna ist weg. Der Kalender gab mir kund, dass noch eine Woche bis zum Militärball bleibt. Ein paar Minuten stand ich, in mich gegangen, schaute Mal auf das Türschloss, Mal auf die Fenster. Oben in einem Fenster ging das Licht an, das Fenster ging auf, Luna erschien im Fensterrahmen. Sie winkte mir mit der Hand. Das Fenster ging zu, ich stieß einen Seufzer aus. Mir blieb nichts anderes übrig. Zu Fuß schlenderte ich nach Hause."

„Ich glaube, du verstehst mich, Artur, wenn ich dir sage, dass ich den ganzen Weg nach Hause alleine an Sie dachte." Natürlich mein Freund, ich weiß, was Liebe ist. „Manchmal fühlte ich real, dass sie vor mir steht, ich streckte die Hände aus, um sie zu umarmen doch ich fing Luft nur Luft." Besorgnis um meinen Freund nistete sich in meinem Herzen. „Drehst du nicht durch Hauke?" Der Gedanke ging mir durch den Kopf. Ich schaute Hauke an? Er merkte es nicht, er fuhr fort. Alleine der Gedanke an diese Frau brachte mich zum Zittern. Ich werde Sie sehen, mit Ihr tanzen, Sie umarmen. Ich fühlte mich überglücklich, Sie ist die allerbeste, die Allerschönste, sie ist die Einzige, die es für mich gibt. Ausgerechnet mit Ihr, werde ich zusammen sein. Süße Träume verfolgten mich. Wenn jemand mein Flüstern hören konnte, bestimmt käme ihm der Gedanke, der Typ ist wahnsinnig. Woher ich die Worte fand, woher das ständige allerbeste, kann ich nicht erklären, offensichtlich ist dies nur den Verliebten gegeben. Die Tage flohen, der ersehnte, Abend kam. Zur bestimmten Zeit stand ich vor ihrer Haustür. Jetzt bei Tageslicht konnte ich das Haus anschauen. Ein altes Gebäude, mit rotem Backstein gemauert, ist verputzt, offensichtlich aus Altersgründen. Das Haus ist renovierungsbedürftig, der Putz, löste sich an fielen stellen, der rote Stein kam zum Vorschein. Das Haus steht am Rande des Militärtruppenteils. Was besonders unangenehm für die Bewohner dieses Hauses ist, das in dem Haus bezieht eine Wohnung der Militär Kommandant der Stadt. „Man nimmt ihn wahr, als Schrecken der Stadt", erzählte mir Luna. Nachher auf dem Maskenball hatte ich die Gelegenheit von ihm ein Bild zu machen. Ein Mann von Natur aus, von einer außergewöhnlicher härte. Er konnte in die Arrestzelle nicht nur Soldaten überliefern, sondern auch hochrangige Offiziere. Selber ein Major machte er sich so, das auch hochrangige Offiziere, seinen Zorn fürchteten. In der Altstadt fast auf jeder Straße gibt es ein Militärtruppenteil. Dieser Mann steckt immer in der Arbeit. Da musste tatsächlich ein harter Mann sein, um die Tausende vom Wehr im Zaum zu halten. Ich spazierte circa zehn Minuten vor der Eingangstür ihres Hauses. Ich verlor fast die Hoffnung, dass Luna raus kommt. Dann öffnete sich ein Fenster auf dem zweiten Stock. Ich schaute Hoch, Luna stand in dem Fensterrahmen. Ihr gepflegtes lockiges Haar, ihr schönes Gesicht, brachte mein Herz wieder zum Flattern. Was für ein Glück, mich mit Luna zu treffen. Beflügelt schaute ich hoch. „Bin gleich bei dir", rief Sie aus dem Fenster. Das Fenster ging zu. Luna verschwand hinter ihm. Ich kann mich noch erinnern, das Fenster von Luna's Wohnung ging zu, neben ihrem, ging ein anderes Fenster auf. Ich schaute Hoch, eine Frau stützte sich mit den Ellenbogen auf die Fensterbank, sie schaute mich an, ohne ein Wort zu sagen bis Luna rauskam. Wie ich nachher erfuhr, ist das ihre Arbeitskollegin. Die Zwei Frauen pflegen zueinander angespannte Beziehung. Die Frau heißt Capitolina, ihre bekannte reden Sie mit Capa an. Natürlich wussten sie voneinander alles, was zwei Frauen voneinander wissen wollen. Sie wussten mehr voneinander, den es erwünscht ist. Luna kam raus, sah im Fenster Capa, umschlingt demonstrativ meinen Arm, „gehen wir." Bis wir zum Stab ankamen, erzählte mir Luna, dass Capa schwanger ist, aber noch nicht verheiratet. Dass ihr Partner im Norden, seinen Militärdienst absolviert, dass sie bald heiraten werden, dass Capa dann zu ihm zieht. Das erzählte mir Luna, in ihrer Stimme klang dabei Abneigung zu Capa. Hauke wurde traurig. Das erzähle ich dir Artur, weil nach ein paar tagen, ein paar Worte dieser Frau, eine bestimmte Rolle in der Beziehung zwischen uns spielen werden. Mein Leben werden die paar Worte kaputtmachen. Plötzlich stand Hauke auf, der grüne Tee drückt auf die Blase, ich muss Mal. Mir ging es ebenso. Ich folgte ihm. Klar, dass er sich ablenken will, dachte ich. Es fiel ihm schwer, diese Geschichte mir zu erzählen. Es war sein Dank dafür, dass ich ihm von Luna erzählte. Den Dank nahm ich gerne an. Dazu ist er mein bester Freund. Das WC ist so verkotet, das man sich ekelt, doch andere Möglichkeit gab es leider nicht. Offensichtlich fehlte der Stadt das Geld für die Reinigungskraft. „Eure Stadtverwaltung ist offenbar pleite", sprach Hauke. Wir kamen aus dem WC, spazierten noch eine Weile im Park, herum, dann nahmen wir wieder Platz auf der Bank. Zu meiner Freude fuhr er mit seiner Geschichte fort. Ich schaute Luna aus dem Augenwinkel an. Ein schwarzer Mantel schöne Schuhe an den schönen Füßchen, ihre exzellente Figur, die sich unter dem Mantel ahnen ließ. Das mahlte mir meine Fantasie. Mehr merkte ich mir von ihren Klamotten nichts. Dass eine Frau, so Gefühle in mir wecken kann, dachte ich niemals. Ein leichtes Zittern ging durch meinen Körper. Sie schaute mir in die Augen, ob sie sich vergewissern wollte, dann kam die Frage, „geht es dir gut?" Ich nickte nur. Ich brachte kein Wort über meine Lippen, drückte nur fester ihren Arm gegen meinen Körper. Es kostete mir, fiel innere Kraft, das Zittern in mir zu beherrschen. Wir gingen in Richtung des Offizierstabs. Ein paar bekannte von Luna, begrüßten uns. Hauke schwieg wider, offensichtlich hatte er keine Lust weiter zu erzählen. Die Erinnerungen an seine Luna brachten ihm schweres Leiden? Ich weiß es nicht. Wie es auch sei, ich sah ihm an, dass er keine Lust hatte, weiter zu erzählen. Er drehte sich von mir ab. Luna hatte immer noch ihren Platz im Herzen meines Freundes. Das konnte ich fühlen. Er schwieg, seine Erzählung setzte er nicht fort, ich glaube, er hatte keine Kraft mehr. Er ist seelisch am Ende. Desto größer wurde meine Neugier, das muss ich zu meiner Schande sagen. „Weißt du Artur, ich erzähle dir diese Geschichte morgen zu Ende, selbstverständlich, wen du freie Zeit mitbringen kannst", bat er plötzlich. Sicher, morgen ist Sonntag. Diese Geschichte weckte in mir lebhaftes Interesse. Die Spannung wuchs, wie es mit seiner Luna gehen wird? Unterschiedlichsten Gedanken gingen mir durch den Kopf. Wir treffen uns morgen mein Freund, zum Glück gibt es bei uns beiden freie Zeit. Mir bescherst du noch eine schlaflose Nacht mein Lieber Hauke, dachte ich. Wir verabschiedeten uns, gingen auseinander, ich zur Bushaltestelle, er zum Hotel. Eine einfache Affäre kann es nicht sein. Da muss was Besonderes im Spiel sein. Am nächsten Morgen nahm ich mein Frühstück in aller Ruhe zu mir. Ich versuchte mich zu beruhigen. Ich sah voraus, das Heute, das Ende einer Liebesgeschichte zu hören sein wird. Ich machte mich auf den Weg, zu meinen Freund. Ich stieg aus dem Bus, schaute mich um, er stand in Gesellschaft eines Mannes. Er sah mich, die zwei kamen auf mich zu, der Mann will wissen, wo er günstig Unterkunft finden kann. Ich erklärte dem Mann, wo er ein Gasthaus finden kann, dort ist es günstiger den in der City", sagte ich. „Damit ging er weg". Das konntest du ihm auch erklären. Ja, aber du lebst hier, daher weist du besser, wo es was günstiger gibt. Wir erkundigten uns um unser Wohlbefinden. Langsam schlenderten wir in Richtung Altstadt. Das Kino, das schöne Haus wo die Bildergalerie ihren Platz fand. Das Monument dem Gründer dieser Stadt Tschekrizov. Dass alles lag vor uns. Hauke wollte alles wissen. Nicht weit entfernt vom Park, tranken wir Selters, bei demselben Händler, bei dem wir am ersten Tag tranken. Dann machten wir uns zum Tor. Der Park ist nicht umzäunt, man kann an jeder Stelle reinkommen, doch die meisten Besucher nahmen das Tor. Das machten wir auch. Wir gingen die Zentralallee entlang. Unser Park ist ungepflegt. Auf den Gehwegen ist fast kein Sand, gekehrt wurde auch lange nicht. Zugewachsene mit Unkraut Beete, erscheinen dem Blick der Besucher. „Das Budget der Stadt ist offensichtlich leer, vielleicht aber besitzen die Väter der Stadt keinen Sinn für das schöne". „Erinnerst du dich, an unseren Park?" Ich stimmte ihm zu. Zwischen den zwei Parks ist absolut nichts zu vergleichen, nur dass beide, Parks sein sollten. Ich dachte an Hauke, ich konnte bestätigen, dass im Leben meines Freundes, es viele Frauen gab, die seiner wert waren. Es gab bestimmt fiele, die gerne mit ihm den Lebensweg zusammengingen. Sie hielten für eine Ehre, mit ihm das Schicksal zu teilen. „Es reichte nicht", sagte mein Freund, „ich hatte den Mut nicht, mich von meinem Single Leben zu trennen." Er atmete schwer auf, „morgen erledige ich die Formalitäten." Nachmittags fahre ich weg. Ich hinterlasse dir meine Adresse mit meiner Telefonnummer. Ruf mich an, es kann passieren, das wieder eine Ewigkeit vergeht, bis wir was voneinander hören. „Nebenbei gefragt Artur, wie geht es dir, wir treffen uns zum dritten Mal, ich weiß aber noch nicht, wie du lebst." „Wen ich dich recht verstehe, steht ein Single vor mir." „Konntest du dein Leben auch nicht gestalteten?" „Ja, es gestaltete sich nicht, obwohl ich alles gab, um diese Ehe aufrecht zu hallten." „Sie sagte oft, dass sie mich liebt, doch es waren leere Worte." „Es störte Sie nicht, auch mit anderen ihre Liebe zu teilen, aber es ist dazwischen eine Ewigkeit zerronnen, ich vergas sie schon lange." Darüber ist hohes Gras gewachsen. „Ich verstehe", sprach mein Freund aus dem Herzen, „ich kann meine Luna auch nicht vergessen." Die Zeit zum Essen kam herbei er schaute mich an, nicht weit von hier gibt es einen Restaurant, die Überschrift lautet Anchor. „Las uns reingehen, was essen auch auf meinen Abschied anstoßen." In ein paar Minuten gingen wir durch die Tür. Es ist gemütlich drinnen, unter der Decke summt die Klimaanlage, hier unten im Saal, ist es angenehm kühl. Wir suchten uns einen Tisch aus, in der weiten Ecke, wo die Musik uns nicht stört. Die Bühne ist noch frei, Instrumente stehen bereit, die Musiker kommen noch. Sie kommen so um sechs, zeigte ich mein Wissen. Wir unterhielten uns, schauten die Gäste an. Eine Kölnerin geht mit einem Lächeln durch den Raum, sie bedient die wenige Geste, die kamen. Sie kommt zu unserem Tisch. Hauke bringt ein Lächeln auf sein Gesicht. „Bitte, zwei Mal Kognak, mit Schoko Bons." Er nahm die Speisekarte vom Tisch. Wir fingen an, die Karte zu studieren. Die Kölnerin kam mit dem Kognak. Zweimal Hühnersuppe, zum Hauptgericht, zweimal Entrecote, er schaute mich fragend an, „ist in Ordnung", bekräftigte ich seine Worte. Das Madl machte einen niedlichen Knicks, sie hinterließ uns den Duft ihres Parfüms, bevor sie in der Küche verschwand. Hauke musterte ihren Hintern, knackig sagte er leise. „Was", ich verstand ihn nicht? Er wiederholte seine Worte. „Ach so, ja sehr knackig." „Der Chef des Restaurants versteht sein Handwerk, zumindest in der Einstellung der Fachkräfte", sagte Hauke. Wir bemalten nahmen einen Schluck aus den Gläsern, die auf einem, Tablett stehen, legten ein Bonbon aus einer Vase in den Mund. Ein Angenehmes brennen, im Mund der vollmundige Geschmack kitzelt den Gaumen, das Bukett der Schoko Bons im Munde rundet den Geschmack ab. Nach einer Weile kam die Hühnersuppe. Das sprach noch einmal zugunsten des Chefs von diesem Restaurant. „Hier ist alles vom feinsten", protzte ich. Der Bouillon duftete so angenehm nach Hühnerfleisch. Ein Hähnchen Schenkel lag im Teller, ein paar Fettaugen schwammen oben drauf. Unser Appetit ist so angeregt, dass wir uns kaum halten können, um nicht sofort über die Suppe, zu fallen. „Man kann die Zunge verschlucken", sagte Hauke, nach dem er das Gericht versuchte. Die Kölnerin, die sich einen Augenblick länger neben uns aufhielt, wünschte uns guten Appetit. Sie machte wieder ihren Knicks, bevor sie verschwand. Die Suppe brachte uns ein echtes Vergnügen. Das Hähnchen ist von einem guten Bauernhof", philosophierte mein Freund. „Die vom Staat duften nicht so." „Sie schmecken sowieso nicht so gut." Die leere Teller werden an Tischrand geschoben. Nach einer Weile kam das Hauptgericht. Die Kölnerin brachte es in zwei Tellern auf einem Tablett. Es qualmt, es riecht so angenehm nach frisch zubereitetem Rindfleisch. In diesem Restaurant kann jeder sein Handwerk, von der Putzfrau bis zum Koch, der die wichtigste Person in einem Restaurant ist. Trotz dem ist er immer im Schatten, immer in der Küche, wo ihn die Gäste nicht sehen. Die Entrecote, verzehrten wir schnell. Wir lehnten uns zurück, zündeten uns Zigaretten an. „Du rauchst mein Freund, soweit ich weiß rauchtest du nicht." „Nicht immer, ich rauche nur, wenn ich aufgeregt bin." Im Saal sitzen schon viele Gäste. Hauke winkte unserer Kölnerin zu, die kam bei, mir schien, dass sie durch den Raum schwebt. Mein Freund bestellte noch zu einem Kognak, von demselben, bat er. Kommt sofort, sie machte ihren Knicks, bevor sie wegflatterte. In einer Minute kam Sie mit einem Tablett, worauf das benötigte steht. Wir machten zu einem Schluck. „Ist derselbe Kognak, der ist Gut", Hauke legt ein Bonbon in Mund. Jetzt fasste ich Mut, ich versuchte ihn unauffällig, an unser Gespräch von gestern zu erinnern. Ich vermute zumindest, dass er sowieso an nichts anderes denken kann. „Ach Luna", sagte er nachdenklich. Eine kurze Pause, er wollte sich auf das Thema konzentrieren, dann fing er an, wieder exakt dort, wo er gestern aufgehört hatte. Ich glaube, er besitzt, ein phänomenales Gedächtnis. Wir gingen mit Luna zum Stabgebäude. Die Fenster sind hell beleuchtet, einige geklaftert, aus dem Gebäude kommt eine Melodie aus den Kriegsjahren. Ich öffnete die Tür, lies Luna vor mir in Raum. Wir betraten das Vestibül. Ein grelles Licht strahlte uns in die Augen. Ich schloss sie für eine Weile, damit sie sich an das Licht gewohnten. Dan öffnete ich sie, meine Augen waren an das Licht, ich schaute mich um. Geräumiger Vestibül, entlang einer Wand stehen Stühle, an der Wand gegenüber fand die Garderobe seinen Platz. Eine Frau steht hinter der Theke. Sie nimmt von uns die obere Bekleidung, hängt es an Hacken, dafür gibt Sie uns eine Blechnummer an einem Seelchen. Luna geht kurz zum Spiegel. Ich folge ihr wie ein Page. Nach Kurzen mustern, vor dem Spiegel, gingen wir durch die Tür. Die Garderobewirtin winkte Luna zu, es sollte heißen, ist alles in Ordnung. Wir betreten einen großen Raum. Luna erklärte mir nachher dass hier, Konferenzen des Offizierstabs, auch Partys, so wie heute gefeuert werden. Heute diente ein Teil des Raums als Speiseraum, da standen Tische mit Stühlen. An der Wand baute man eine Bar auf. Hinter der Theke stand der Barmann in zivil, was ich komisch fand, den die Gäste glänzten alle in ihren Uniformen. Hinter ihm auf den Regalen stehen jede Menge Flaschen mit Getränken, derer Alkoholgrad, sich von null bis vierzig ausweitet. Was noch angenehm ist, neben ihm steht ein Fass, dessen Volumen gleichen 200 Liter. Das ist Bier, zusätzlich zu dem Flaschenbier, von dem eine Menge auf den Regalen steht. Das Militär konnte sich einiges leisten. Ich wunderte mich: zu einem, ist der Barmen in zivil, dann bevorzugt man das Flaschenbier. Offensichtlich ist das Vertrauen der Militär, zum Flaschenbier größer. In den Flaschen konnte man das Bier nicht mit Wasser verdünnen, was zu der Zeit mit den Fässern vorkam. Der größte Teil des Raumes ist frei. Der polierte Boden bietet die beste Gelegenheit zum Tanzen. Einige Paare wissen es zu schätzen. Sie tanzten begeistert zur Musik. Die kommt aus den Lautsprechern an der Wand unter der Decke. Wieder für mich ein Grund zu wundern, eine Stereoanlage hoher Qualität steht in einer Ecke, die ist in Ausland hergestellt. Ich redete Luna an, „schau mal die Stereoanlage, sie kommt aus Deutschland." „Wir sind keine Feinde mehr, mit Deutschland, vergiss das nicht." Wen man Qualität braucht, muss der Patriotismus schweigen. Du kennst dich in der Politik aus, dachte ich skeptisch. Der Klang ist perfekt, das auch von akustischen Qualitäten des Raums spricht. Ein paar man, schauten uns an. Wir kamen rein, jemand begrüßte Luna mit Kopfnicken, die anderen genossen den Tanz. Ich kannte so niemand bei dem Militär, außer Nikolai, doch den sah ich nicht. „Luna wo könnte Nikolai sein?" Es ist das zweite Mal, das ich nach Nikolai Frage. Damit gab ich ihr den Grund zu spießen. „Er wollte kommen, Sie hob die rechte Schulter, du wolltest doch, dass er kommen soll", spießte Sie. Wir gingen an den Tanzenden vorbei. Es machte Spaß, den paaren zuzuschauen. „Kuck mal", ein Paar kommt in unserer Richtung. Festlich gekleidet, die Schulterlitzen des Mannes strahlen mit Gold. „Wen man vom Teufel spricht", Luna zeigt mit den Augen auf das Paar. Der Mann hatte das Abzeichen eines Leutnants. Jetzt erkannte ich ihn. „Schande, ich erkannte ihn nicht sofort", sagte ich zu Luna. Ein kleiner Trost für mich, dass ich ihn bisher nur einmal sah. Nikolai ist gut gelaunt, er zeigt auf seine Begleiterin, „Tanja meine Frau." Sie reichte mir ihr niedliches Händchen", „Tanja" ihre Stimme klang so angenehm. Irgendwie nehmen sich die meisten Offiziere schöne Frauen, kam mir der Gedanke. Ich verneigte mich vor Tanja, meine Lippen berührten ihre Fingerspitzen. Die zwei Frauen kannten sich natürlich. Nikolai eine echte russische Seele schlug vor, zum Debüt die Bar besuchen. Die Damen lehnten ab. „Dann nimmt doch bitte auf den Stühlen Platz, wir sind gleich bei euch. An der Bar stehen ein paar durstige, sie genießen das Bier. Nikolai bestellt, für jeden, ein Wodka mit einem Bier. Es fängt ja heiter an, dachte ich, in dem ich das Glas nahm. Der Schnaps floss uns in die Kehle, das Bier oben drauf. Das alles ohne einen Krümel Brot, ganz abgesehen, etwas Kräftiges. Unser Militär, ist im Saufen, die Beste, ihnen kommt niemand nach, dachte ich. Wir unterhielten uns über meine Arbeit. Den Leuten vom Militär kann man Gesprächigkeit, nicht andrehen. Also erzählte er nicht viel von sich. „Jeden Tag dasselbe nichts Interessantes", sagte er. „Noch eins", schlug er vor. „Danke, unsere Damen langweilen sich, besser nachher." Wir begaben uns zu den zwei. Der Lautsprecher strahlte die letzten Töne einer Melodie aus. Alle im Saal schwiegen. Zum Mikrofon kam ein Oberst. „Ein Krieger", sagte Nikolai vertraulich, „ein echter, er ist noch einer von denen, die selber in den kämpf gingen." „Der wurde auch dreimal verwundet." Der Oberst hielt eine kurze Rede zum Tag der sowjetischen Armee, er sprach ein Lob ihren Heldentaten aus. Ein kräftiger Applaus hallte durch den Raum. Wozu der Lob, dachte ich, schon vierzig Jahre zerronnen. Den Sieg bestreitet niemand. Irgendwie kam seine Rede, bei mir nicht an.

Im Raum herrschte stille. Der Oberst sagte, „wozu fiele Rede, wir sind die Sieger." Damit ist das Offiziale Teil unseres Abends beendet. „Erlauben sie mir das angenehme Teil anzumelden, das Buffet ist eröffnet." Ein heftiger Applaus geht wieder durch den Raum. „Alle freuen sich auf dieses Teil des Feuers", sagte jemand neben uns. An einer Wand schob man den Vorhang weg. Wie durch ein Wunder kamen Theken zum Vorschein, prall gefüllt mit ausgezeichnetem Essen. Delikatessen, die ich nie im Leben sah, ganz abgesehen davon probiert. Die führende Schicht der Militär hatte an der Verpflegung noch keinen Mangel. „Von den einfachen Soldaten konnte man das nicht sagen, die bekommen zum Essen sowieso nur Buchweizen", sagte einst Luna. Leute gehen zur Theke, nehmen sich Essen auf die Teller. Wählerisch, nicht wie ihre Soldaten. Sie bringen ihre Teller zum Tisch. Leise Musik aus den Lautsprechern sorgt für den Appetit, dadurch für die Stimmung. Es ist alles bestens durchdacht. Die Kavaliere kümmern sich um ihre Damen. Man hört leises Gerede, dass Klebern eines Löffels an den Tellerrand. Langsam sättigen die Leute. Die Stimmung ist perfekt, tanzen wird angesagt. Zum Mikrofon kommt ein Mann in Zivil. Man äußerte einen Vorschlag, mit dem Pfandspiel beginnen. Jetzt konnte man sehen wie Alte Onkels, welche die Last des Krieges auf dem Buckel trugen, sich von dem Kinderspiel mitreißen lassen. Wie verlegen sie die Damen küssen, auf die das Pfand fällt. Ich lud Nikolai ein, noch ein Bierchen mit mir zu kosten. Die Laune ist perfekt, die Lautsprecher geben aus ihren inneren eine Tanzmusik. Ich verneigte mich vor Tanja. „Erlauben sie?" Ihre Hände lagen auf meinen Schultern, ich umarmte ihre Taille. Ich denke oft daran, wieso Frauenhände, wehrend des Tanzes, eine so magische Wirkung haben. Sie zittern leicht, die Impulse übergehen zu mir, sie geben mir ein anregendes Gefühl. Die ganze Zeit redete nur Hauke, ich unterbrach ihn nicht, doch jetzt wagte ich es. Denkst du nicht mein Freund, dass die Frauen nur auf dich so wirken?" Ich weiß es nicht, nur hier empfand ich es so. Warum heiraten alle Offiziere so schöne Frauen, dachte ich damals, ist Schönheit das Wichtige?" Die Frau vom Nikolai ist bildschön. Sie kann wunderbar führen, im Gegenteil zu mir, einem grünen Amateur, du weißt, ich bin ein miserabler Tänzer. Ich gab mich meinen Gefühlen hin, genoss den Tanz mit ganzem Herzen. Dan lud ich Luna ein, wieder ging ein Leichtes zittern durch meinen Körper. Es ist kurz vor Mitternacht, Luna mit Tanja Stehen an der Wand, mir fiel ein, dass ich Nikolai eine Weile nicht sehe. „Wo könnte er sein, Luna?" „Ich weiß es nicht", Luna schaute sich um, wollte seine Frau fragen." „Er ist weg", sagte Tanja. „Wie weg?" „Der macht es immer so", beruhigte mich Tanja, „immer, wen er fiel, trinkt haut er ab. „Bei dem Militär ist es nicht angemessen, wen Offiziere niedrigen Ranges viel trinken." Da freute ich mich, aus welchem auch sei Grunde, dass ich zu denen hier nicht gehöre. Ich bin Zivil, die Herrschaften gehen mir nichts an, welchen Rang, die auch haben. Der Moderator kam wieder zum Mikrofon, „es ist Lotto angesagt, meine Freunde, bei uns gewinnen alle." Wieder geht ein Applaus durch den Raum, die Offiziere, freuen sich dem Spiel. Die Symbolische, Gewinne in der Form von Kinderspielzeug, Maskottchen, etc. Die bringen den Leuten Freude. Zufällig fällt mein Blick auf einen Mann, mit Abzeichnung eines Mayors auf den Litzen. Er steht vor einer Frau, die er in die Ecke, drängte. Sie horcht ihm mit Interesse zu. Er hat dicht zueinander gesetzte Augen, eine lange, angespitzte Nase. Sein kurz geschnittenes Haar ist geölt. Mir fällt sein kaukasischer Akzent auf. Genau wie Dserschinski, der härteste Mann in der Regierung, zu den Zeiten der Diktatur Stalins. Auch ein Kaukasier fiel mir ein. Was für ein Riechkolben dachte ich abneigend, der muss aber alles riechen. Die Frau die er, in die Ecke drängte, ist im Gegensatz zu ihm schön. Ihr russisches Gesicht, ihre hübsche   Nase, ihre blauen Augen alles ist wunderschön. Sie trägt, den Russischen nahmen Vasilisa, sagte zu mir nachher Luna. Ihr schönes Haar hat die Farbe des reifen Weizens, es ist in ein Zopf geflochten. „Wen starrst du so lange an?" Meine Luna versetzte mich in die Realität. Sie ist eifersüchtig, kam mir der Gedanke. Wo fragte ich sie scherzhalber. Die Zwei dort in der Ecke, der Mayor mit der Dame." Wer sind die. „Gidaleitsch sagte sie leise, der Militär Kommandant." Ich behielt das Paar im Auge. Gidaleitsch tanzte den ganzen Abend nur mit dieser Dame. „Wieso", wollte ich von Luna wissen. Sie lächelte ironisch, „es ist seine Frau, er lässt niemand an sie ran, aus Eifersucht", fügt Sie hinzu. Der Tanz geht zu Ende, Gidaleitsch führt seine Dame, wieder an einen freien Platz, selber stellt er sich vor Sie. Es riskiert sowieso niemand, diese Frau zum Tanz einzuladen, der Mayor überwacht sie eifersüchtig. Er muss ein sehr einsamer Mensch sein. „Bestimmt gibt es bei ihm eine Menge Feinde, vielleicht mehr den Freunde", fiel ich in Haukes Erzählung. „Bestimmt mehr Feinde", sagte Hauke. Ich fragte damals Luna, nur so, scherzhalber, „darf ich diese Dame zum Tanz einladen?" Ich erlaubte mir einen Scherz, doch Luna antwortete mit vollem Ernst," Mach das bitte nicht, sonst bin ich geliefert." „Alles klar, es ist auch nur ein Scherz?" Sie warf einen verwunderten Blick auf mich, „wozu der Scherz?" Die Zeit ging vorbei, die Mitternacht trat ein. Tanja langweilte sich. Ich schlug vor, die

Frau von Nikolai nach Hause zu begleiten. Luna ging zu ihr. Nach ein paar Minuten kamen die Zwei zu mir. „Wollen nach Hause gehen ich bin Müde", sagte Tanja, „ihr könnt ja zurückkommen, hier geht es bis zum Morgengrauen." Die Frauen winkten, ihren bekannten, zum Abschied. Wir nahmen unsere Klamotten aus der Garderobe. Die Tür ging auf, wir gingen nach draußen. Jetzt konnten wir tief einatmen. Es ist eine kalte Februarnacht, die Luft ist kalt, mir schien, dass sie von Kälte klingt. „Unsere Lungen freuen sich der frischen Luft", sagte ich zu ihnen. „Drinnen der Luft, mangelte es an Qualität", grinste Luna. Wir atmeten tief ein, geil, dass wir von dieser Gesellschaft, älteren, zweifellos respektvollen Grießen, befreit waren. Nikolai wohnte in demselben Viertel wo auch Luna, in seinen Fenster brennte das Licht. „Er wartet immer auf mich", Tanja lächelte, „selber schuld." Wir brachten Tanja bis zu ihrer Haustür, wollt ihr reinkommen? Danke vielleicht das nächste Mal, ihr braucht ja auch eure Ruhe. Wir verabschiedeten uns. Ich freute mich alleine mit Luna zu sein, ich genoss ihre Nähe. Wir kamen zu ihrer Haustür. Auf Wiedersehen, Sie reichte mir die Hand. Ich möchte gerne noch eine Weile bei dir sein, es ist ja dein Fest. Ich warf einen Blick auf Hauke, er sah blass aus. Dein Gewissen ist befleckt mein Freund." „Das weitere ist schwer zu erzählen", sagte Hauke, er atmete schwer. Du aber bist mein bester Freund, mit dir teilten wir alles, dir kann ich mich anvertrauen. Ich nickte verständnisvoll mit dem Kopf, mir kannst du es erzählen. Er hatte Schwierigkeiten, benötigte Worte zu finden. Das sah ich ihm an, doch meine ungesunde Neugier erlaubte mir nicht, ihn unterbrechen. Er setzte seine Erzählung fort. Mir lag viel daran, bei ihr zu bleiben, wie auch jedes Mal wen wir voneinander Abschied nahmen. Meine Liebe zu ihr brannte wie Feuer. In dem Moment konnte ich für sie alles machen, sogar töten. Ich ließ mir, viele Gründe einfallen, um bei ihr zu bleiben. Ich lehnte sie alle ab, bis auf einen, der natürlich saublöd sich anhörte, doch bei den Frauen fast immer ankommt. Es ist schon spät, Morgen brauch ich nicht auf die Arbeit, ich werde dich nicht belästigen, Ehrenwort. Hauke schaute mich an, oft versprechen wir etwas dass wir nicht halten können, natürlich auch nicht halten wollen. Der Jugend verzeihen die Frauen alles, wie im Roman, „das Rote und das Schwarze." Ein anderer Vergleich fiel mir nicht ein. Damals hatte ich Sicherheit, dass mein Flehen bei ihr ankommt. Nach kurzem Schweigen, sagte Sie, „aber schlafen wirst du auf den Boden, den mein Bett ist nur, für einen." Ich stand da, ich wartete, was mein Schicksal mir bringt. „Ich bin bereit alle deine Bedingungen einzugehen, sogar im WC schlafen", flehte ich sie an. Wir gingen auf den Zehenspitzen den schlecht beleuchteten Flur entlang. Ihr machte es, offensichtlich spaß, sich zu ihrer Wohnung, mit einem unbekannten Mann zu schleichen. Sie schaute zurück, sie hielt sich die Hand vor den Mund, um nicht loszulachen. Ich stellte ein malerisches Bild dar, in Socken, die Schuhe in den Händen ging ich auf Zehenspitzen ihr nach. Dann gingen wir die Treppen hoch, auf den zweiten Stock. Sie öffnete mit ihrem Schlüssel. Ich ging nach ihr rein. Sie schaute zurück, hielt mir die Finger vor den Mund, das sollte heißen, mach leise. Sie konnte sich kaum halten, um nicht zu lachen. Dann knipste sie den Schalter an. Ich stand in einem winzigen Zimmerchen, das ist der Flur, zugleich auch die Küche. Das sah ich, weil ein Gasherd an der Wand stand. Ich hielt immer noch meine Schuhe in der Hand. Aus dem Flur führen zwei Türen, eine in das Bad WC, die andere ins Schlafzimmer, das zugleich auch ihr Wohnzimmer ist. Sie öffnete diese Tür, ging rein, knipste den Schalter an. An der Wand neben der Tür sehe ich ein paar Haken angebracht. Unsere Klamotten kamen dran. An der Decke leuchtete eine Birne. Ich schaute mich um. „Im Schlafzimmer braucht es auch nicht heller sein", dachte ich, ohne dies, ist die Dunkelheit ein Freund, der Verliebten." „Möchtest du was essen?" Nein danke, dort nahm ich mir etwas zum Essen. Sie lachte, „es gibt so wie so, nichts im Haus." Sie setzte sich auf ihr Bett, mir bot sie an, den Stuhl zu nehmen. Ich setzte mich gehorsam auf den Stuhl. Meine Hände kreuzte ich auf den Knien. Wie ein Junge auf der Strafbank dachte ich von mir. Sie saß gegenüber von mir, baumelte aufregend mit ihren niedlichen Beinchen. Was für Beinchen, die Schönste Beinchen, welche Mutter Natur schaffen konnte, so dachte ich, dessen schien ich mir sicher zu sein. Sie machte mich verrückt." so lebe ich also", sagte sie. Ausgezeichnet, im Wohnheim, in dem ich lebe, teile ich mit meinem Kollegen ein Zimmer. Das Klo ist am anderen Ende des Flurs, dabei ist der Flur sehr lang. Die Küche ist auch gemeinsam für die Etage. „Stell dir vor den Stau vor dem Klo am Morgen, wen alle auf die Arbeit müssen." „Den Stau vor der Dusche nachmittags, wen die Leute von der Arbeit kommen." „Mein Kollege schnarcht so laut." Ich wollte mit meinem Gejammer weiterfahren, doch sie unterbrach mich. Sie lenkte das Gespräch in eine andere Richtung. Wir unterhielten uns circa eine Stunde, bis Sie sagte, „jetzt will ich schlafen." „Darf ich hier schlafen?" Sie überlegte kurz, „du kannst meinen Soldatenmantel von Haken nehmen." „Breite ihn auf den Boden, mehr kann ich dir nichts bieten." „Danke", flüsterte ich, sodass Sie es hörte, „mir reicht das völlig aus." Das Zimmer ist sehr klein. Ich breitete ihren Mantel direkt vor dem Bett auf den Boden. Sie ging ins

Bad. Nach ein paar Minuten kam Sie raus, gekleidet in ein schönes blumiges Nachthemd. Sie nahm die Decke vom Bett, legte sich drauf dann deckte sie mit der Decke ihre Füße zu. Im Zimmer ist es warm, dachte ich, man kann auch ohne Decke schlafen. Ein Zittern überlief meinen Körper unerwartet. Ich zog mich aus, bis auf Slips, legte meine Klamotten auf den Stuhl, auf dem ich saß. Danach knipste ich den Schalter neben der Tür aus. Es wurde Dunkel, ich legte mich auf ihren Soldatenmantel. Wie ich dir sagte, mein Freund, zu der Zeit schien es mir, dass mir alles gelingen muss. Hier lag neben mir, mein so ersehener Wunsch, meine Sehnsucht, mein Traum. Ich lag dicht neben ihrem Bett, wen ich meine Hand ausstrecke, kann ich meine Sehnsucht berühren. Mich zwang es, diese Gelegenheit zu nutzen. Ich konnte nicht anders. Meine Hand berührte Ihre, die ruhig auf der Decke lag. Das Zittern meiner Hand übergab sich ihr. „Ich liebe dich", flüsterte ich. Ich bekam keine Antwort. Noch ein paar Sätze, die ich ihr zuflüsterte, brachten nichts. Aus ihrem Munde kam kein Wort, obwohl Sie mit Sicherheit nicht Schlief. Ich erhob mich von meinem Lager, schob langsam die Decke, unter der Sie lag zur Seite. Sie bewegte sich nicht, Sie verlor keinen Ton. Ich legte mich neben Sie auf das Bett, es ist so schmal. Ich drückte mich gegen ihren warmen Körper. Sie rückte nicht weg, denn das Bett, bot diese Gelegenheit nicht. Ich fühlte ihren warmen Körper, drehte mein Gesicht zu ihr. Sie leistete keinen Widerstand. Meine Lippen suchten Ihre auf, ein leidenschaftlicher Kuss, unsere Lippen verschmolzen. Da passierte es. Hauke sitzt neben mir am Tisch. Er atmet schwer, sodass ich Angst um seine Gesundheit bekam. Seine Hände zittern. Die Erinnerung macht dich fertig, mein Freund, dachte ich und richtete meinen Blick zur Seite, ich konnte sein Leiden nicht sehen. In diesem Moment sollte er mein Gesicht nicht sehen. Hauke schwieg eine Ewigkeit. Ich fing an zu zweifeln, dass er die Geschichte bis zum Ende erzählt, den sie wurde immer persönlicher. Mir schien, er hatte das Wichtigste erzählt. Langsam goss er den Rest vom Kognak in unsere Gläser, leerte wortlos seins, legte nachdenklich ein Bonbon in Mund. Er ist mit seinen Gedanken nicht hier. Er schaute abwesend die Gäste im Saal an. Mir schien wieder, dass er mir heute nichts mehr erzählt, meine Ungeduld bemerkt er Nichtmahl. Ich bin kein Frauenheld, doch in diesem Moment ist mir nichts interessanter zu erfahren, den das was darnach geschah. Hauke schaute mich mit einem langen Blick an, dann sagte er, „so wie damals, war es weder vorher, noch nachher." So wird es auch nicht mehr sein, da bin ich mir sicher. Sie sagte die ganze Zeit nicht ein Wort. Ich nahm Sie, wie ein Mann eine Frau nimmt. Für mich war es so was von schön, ich glaube, für sie auch, wen Sie auch kein Wort verlor. Unsere Bewegungen stimmten über eins, Mir schien, das wir schon ewig ein paar sind. Ein kräftiger Strahl stieß plötzlich, meinem kleinen gegen den Kopf, dann noch ein paar mahl hintereinander. Ich glaube, ich verlor für eine Weile, das Bewusstsein. Es geschah so, dass wir gleichzeitig fertig wurden. Sie streckte sich aus. Sie bewegte sich nicht mehr. Wir ruhten eine Weile schwer atmend. Total benebelt lag ich da. Ich musste verkraften, was soeben geschah. Endlich bewegte Sie sich, Sie versuchte, mich von sich runterzubekommen. In meinem Gehirn ist es immer noch, nach so fiel Jahren klar. Ich stieg von ihr, schwer atmend legte ich mich neben Sie. Diese Frau vergessen, übersteigt meine Kräfte. Damals, noch ein junger Mann, hatte ich es versucht, Sie zu vergessen, es gelang mir nicht. Es kann gesagt werden, dass Sex nicht das wichtige im Leben ist, doch manchmal ist er genau das wichtigere. Hauke fuhr fort. Ich nahm wieder ihren Kopf in meine Hände, ich küsste ihre Lippen ihre Stirn ihre Wangen. Ich bekam kein satt davon, doch sie hatte kein Gefühl mehr. Dann fragte ich Sie was weit Hergehendes, ich weiß nicht mehr genau was. Es ging um die Nacht, ich erinnere mich, ich sagte zu ihr, „was für dunkle Nächte gibt es zu dieser Jahreszeit." Darauf sagte Sie, „im Schaltjahr, gibt es im Februar so dunkle nachte." Sie redete wieder. Sie machte mich glücklich. Wir unterhielten uns über alles, nur nicht davon, was vor zehn Minuten passiert ist. Ich glaube, meine Luna ist mir dankbar dafür, dass ich dieses Thema nicht anrede. Immer wieder küsste ich Sie. In dieser Nacht fühlte ich mich, wie ein Jüngling der die Frau seines Lebens das erste Mal beherrscht. Ich flüsterte ihr alles Liebe zu. Ich versprach ihr treu zu bleiben, mein Leben lang. Dabei wusste ich nicht, dass unsere Beziehung nach ein paar Tagen ein schlimmes Ende bekommt. Ihr Gesicht sah ich im Dunkeln nicht. Das spielte für mich auch keine Rolle. Ich liebte Sie mit allen Sinnen, mit allem, was ich hatte. Das reichte mir völlig aus. Wir unterhielten uns lange. Offensichtlich nahm Sie mich nicht ernst. Ich weiß es nicht warum, doch plötzlich sagte Sie, „Ich muss morgen auf die Arbeit, möchte ein bisschen Schlafen." „Es ist besser, wen du nach Hause gehst, mein Freund." Das letzte klang für mich Müde, sogar etwas ironisch. Ich begriff, dass es besser ist, wen ich gehe. „Du magst recht haben", flüsterte ich, stand auf knipste den Schalter an. Ich zog mich an, hängte ihren Mantel an den Haken, dann stellte ich mich vor ihrem Bett auf die Knie. Ich küsste Sie, „wollen wir am Samstag ins Kino gehen, darf ich bei dir vorbeikommen?" „Ja ich bin frei", flüsterte Sie, „wenn du willst?" Den Weg nach Hause flüsterte ich ihren Namen. Ich fand, so viele nette Worte, die es nur gibt, welche ein Verliebter, seiner Lieben zuflüstern kann. Ich kam auf unser Zimmer, mein Kollege kam noch nicht von der Arbeit, er hatte, Nachtschicht. Ich zog mich in aller Ruhe aus, trank noch ein Glas Wasser, dann ging ich zu Bett. Offensichtlich erschöpft von meinen Gefühlen schlief ich sofort ein. Mein Schlaf dauerte bis zum Mittag. Der Tag verging unter dem Eindruck des vergangenen Abends. Den ganzen Tag flüsterte ich ihren Namen. Wenn mich jemand hören könnte, der wurde bestimmt denken, dass ich verwirrt bin. Ich konnte es kaum erwarten, bis der nächste Samstag kam. Ich zog meine Festtagsklamotten an. Sie öffnete die Tür, sagte alltäglich, „setz dich kurz, ich bin gleich fertig", daraufhin verschwand Sie im Bad. Nach zehn Minuten kam Sie raus. Sie ist festlich gekleidet, schaut mich mit ihrem bezaubernden durch mich sehenden Blick an. Ihr Lächeln machte mich wahnsinnig. Sie kam zu mir, gab mir einen Kuss, fragte, „wie sehe ich aus?" Bezaubernd, du sehest bezaubernd aus, so eine Frau ist mir noch nie begegnet. Die schönste Frau, die es gibt, gehört mir, ich schmeichele nicht." Danke, könntest du aber." Wieder das bezaubernde Lächeln, wieder ein Kuss auf meine Wangen. Wir gingen aus dem Haus, machten uns zum Kino, das in der City ist. Wir schauten uns den Film an, natürlich saß ich zerstreut, wie auch das vorige Mal, ich schaute mehr auf Sie denn auf den Bildschirm. Meine Hand ruhte auf ihrem Knie, ich dachte, dass ich mein Leben lang nur auf Sie schauen möchte. Niemals bekomme ich satt davon. Wir kamen aus dem Kino. Auf dem Rückweg, zu ihrem Haus, bat ich um Erlaubnis mit ihr rein zu kommen. Ich bekam sie natürlich. Irgendwie schien es mir das sich in ihr, was änderte. Sie wirkte nachdenklich, ich hatte den Mut nicht Sie zu fragen, was los ist. Wir gingen rein. Sie setzte sich wie auch das vorige Mal auf das

Bett, ich nahm den Stuhl. Wen ich damals wüsste, dass an diesem Abend ein blöder Zufall unsere Beziehung kaputtmacht, ging ich selbstverständlich nicht zu ihr rein. Doch ich wusste nichts. Wir plauderten friedlich, plötzlich klopfte jemand an der Tür. Sie stand auf, ging auf den Flur. Die Tür ließ sie offen. Ich schaute hin, ein Soldat in Uniform, stand in den Türrahmen, in der Hand hielt er einen Plüsch Teddy. Er sah mich auch durch den Türrahmen, dann schaute er Luna an. „Das ist für dich", er reichte ihr den Teddy, „von unserer Kompanie, wir gratulieren dich zu unserem Fest." „Früher konnte ich nicht kommen, bin nicht beurlaubt worden". Plötzlich fing er an zu stottern, er sagte die Silbe (be)", dreimal. Luna nahm zärtlich den Teddy, drückte ihn an sich. „Wie niedlich", flüsterte Sie. Er gefiel ihr sehr. Sie schaute sich um, fing meinen Neugierigen Blick, reichte dem Soldaten den Teddy zurück, mit den Worten, „danke, ich brauche keinen Teddybär." „Ich spiele nicht mehr mit Teddys." Der Soldat versuchte den Teddy zurückzugeben, „das ist von der Kompanie, wieder sprach er die Silbe (ko), dreimal, bis er das Wort Kompanie aussprach. Er versuchte seine Ungeschicklichkeit zu vertuschen. Er drehte sich um, sagte Auf Wiedersehen, dann ging er die Treppen runter. Luna machte die Tür nach ihm zu. Über diesen Fall verloren wir kein Wort. Wir quatschten noch circa eine Stunde, irgendwas störte unsere Harmonie, ich fühlte mich nicht wohl. Ich beklagte mich, dass ich müde bin, „Es geht mir nicht so gut, sagte ich" „Du sehest blass aus", sagte Sie. Ich verabschiedete mich von ihr. Das Verhängnis, das auf uns lag, konnten wir nicht überwältigen. Ein Zweifel nagte an meinem Herzen, ich konnte dieses Gefühl nicht unterdrücken. Der nächste Samstag kam, ich zog mich an, ging zu Luna. Sie öffnete mir die Tür. Ich ging rein, gab ihr einen

Kuss auf die Lippen, mein Blick fiel auf das Nachttischlein. Der Teddy, vom Soldat saß auf dem Tischlein. Er wackelte mit dem Kopf. Der Soldat besuchte Sie, dachte ich, verbrachte auch die Nacht bei ihr. Wieder gab ich nichts zu erkennen, ich schlug vor, einen kleinen Spaziergang durch den Park zu machen. Sie willigte sofort ein. Sie zog sich schnell an. Wir gingen nach draußen. Sie umschlang meinen Arm, „Gehen wir in City Park", schlug ich vor. Sie willigte ein. Natürlich wusste ich nicht, was mich dort erwartet. Wen ich es damals nur wüsste? Im Park verbrachten wir lange, ich konnte das schlechte Gefühl mit dem Teddy nicht loswerden. Wir saßen auf der Bank, ich umarmte ihre Taille, mir schien langsam, dass alles gut wird. Die Sache mit dem Teddy, ist nur ein böser Traum, redete ich mir ein, eine Dummheit, die mir in Kopf stieg. Bis wir zurückkommen, ist davon nichts mehr übrig. Wenn ich nur wüsste in dem Moment, dass ich ihre Wohnung niemals mehr betrete, hätte ich anders gehandelt. Ich träumte nicht, es war auch nicht das Ende meines Leidens, nur die nackte Realität. Wollen nach Hause gehen, sagte Luna, ich bin Müde, wir können die Zeit bei mir verbringen. Offensichtlich hatte Sie auch dasselbe ungute Gefühl, das ich hatte. Wir gingen durch eine dunkle Ecke des Parks, alles ist zugewachsen. Die Laterne am Pfosten wirft schwaches Licht auf das Gebüsch. Plötzlich stand der schon bekannte Soldat vor mir, „wir haben dich", sagte er. Mit diesen Worten fuhr er mit der rechten aus er streifte mein kühn. Ich faste ihn am Arm, ein kurzer Hieb, in den Bauch, er krümmte sich. Ein Stoß mit dem Knie ihm ins Gesicht, er fiel auf den Rücken. Mehr weiß ich nicht. Im nächsten Augenblick bekam einen Schlag mit einem harten Gegenstand auf den Hinterkopf. Vor meinen Augen brach die Dunkelheit ein. Ich fiel zu Boden.

Ich hörte nur einen kurzen Schrei von Luna, Sie schrie „nein".
Mehr hörte ich nichts. Ich kam zu mir, ein weises Bett, weise
Wände. Eine Frau in weis, die ich nicht kannte, steht vor meinem
Bett. „Sie sind wieder da, tut ihr Kopf sehr weh", „ich kann's
dulden." Das große Loch im Kopf, woher ist es?" Ich schwieg,
ich wollte Luna in eine unangenehme Geschichte, nicht
reinziehen. Mit den Kerlen muss ich selber klarkommen. Ich
machte meine Augen zu. „Ich kann mich an nichts erinnern",
sagte ich. Nach drei Tagen wurde ich aus dem Krankenhaus
entlassen. Am nächsten Tag, abends, ging ich zu Luna. Lange
klopfte ich an, doch niemand öffnete mir. Ich wollte schon
gehen, da ging die Tür der Nachbarin auf. Eine junge Frau
hochschwanger, stand in Türrahmen, Sie kannte mich aus
meinen vorigen Visiten. Sie schaute mich mitleidig an. „Sind Sie
Capitolina?" „Ja, Sie wollen zur Luna?" Ich neigte den Kopf.
Capa grinste, „diese Schlampe", sagte Sie böse, „zuerst kam
einer, mit dem ging Sie nicht weg, dann kamen zwei anderen,
mit denen ging Sie. „Nicht lange her." Mir wurde trübe vor
Augen, ich murmelte „danke", dann ging auf wackligen Beinen
nach draußen. Mir wurde übel, auf dem Herzen fühlte ich
nichts, wie leid. Warum dachte ich, warum nur? Ich musste mir
Mühe geben, um mich zu beherrschen. Es gelang mir nicht. Hier
vor ihrem Haus traf ich die Entscheidung, mich mit ihr nicht
mehr zu treffen. Ich traf die schlechteste Entscheidung meines
Lebens. Nachher wurde mir klar, dass ich eine falsche
Entscheidung traf. Zu meinem Bedauern kam es so, dass man
ihre Kompanie an einen anderen Ort verlegte. Meine Luna mit
allen. Die Schläger natürlich auch. Hauke schwieg, er schaute
stumpfsinnig auf die Tischplatte, jetzt denke ich, es könnten
Freunde von ihr sein, wen sie schon mit ihnen wegging. Ich

schaute Hauke an, es fiel meinem Freund nicht leicht, diese Geschichte mir zu erzählen. Die Kölnerin ging schon das zweite Mal an unseren Tisch vorbei, das sollte heißen, es ist Zeit was zu bestellen. Hauke kam zu sich, bat die Rechnung. Er gab ihr das Geld, lies ihr den Rest, mit den Worten, stimmt so. Wir standen auf. Das Restaurant ist schon gefüllt, die Musiker geben ihr Bestes. Wir merkten das nicht mal. Langsam gingen wir den Bürgersteig entlang. Hauke ging auf wackeligen Beinen neben mir her. Zum Reden gab es nichts mehr, sein inneres ist leer. Hör Mal, wen ich Luna treffe, soll ich dich anrufen, ihr deine Telefon Nummer geben? Er schwieg eine Weile. Bekomme erst raus, ob Sie mit mir reden will, mich sehen. Es kann sein das Sie sich, an mich nicht mehr erinnert. Ich konnte mir vorstellen, was in seinem Innerem vorgeht. Wir schwiegen wieder. Morgen gehe ich zu eurer Gummifabrik, von dort fahre ich weiter, du aber ruf mich an, wen es was gibt. OK, mein Freund, unbedingt rufe ich dich an. Wir umarmten uns mit dem Gedanken, dass wir uns nie mehr sehen werden. Total erschöpft stand er vor mir. So eine Liebe, dachte ich, über so fiel Jahren, mir ist so etwas nie wiederfahren. Ist Luna das wert, das mein Freund sein Leben lang auf sie wartet? Mir ist zum Weinen, ob es seine Luna ist, die ich sah? Ob Hauke seine Liebe wieder findet? Mit diesem Fragezeichen endete für mich diese Geschichte. Hauke sah ich nicht mehr, Luna auch.

Max

Die Sonne geht zur Neige, der Abend bricht ein. Es ist nicht mehr so heiß. Der Spätsommer steht vor der Tür. An den Bäumen reifen Früchte, die Bauern sammeln die Ernte ein. Ich dagegen bin ein Stadtmensch, meine Langeweile ist überwältigend. Mir fällt nichts Besseres ein, wie in die City zu fahren, um mich dort zu entspannen. Ich flaniere den Boulevard entlang. Die Bäume werfen ihren letzten Schatten auf meine Bahn. Das Laub liegt noch auf dem weg, es macht den Tritt angenehm weich. Ich freue mich der kühlen Luft, der Ruhe, die dieser schöne Abend mir bescheren soll. Unerwartet bleibe ich stehen. Im Inneren bei mir ist ein seltsames Kribbeln, mein Puls schlägt höher. Mein Inneres sagt mir, das mich etwas Schönes erwartet. Mein Freund Sebastian kommt auf mich zu. Ich erkenne ihn sofort, obwohl wir uns lange, nicht sahen. Mit einem Lächeln streckt er beide Hände mir entgegen. Es folgt eine herzliche Umarmung zweier Freunde, die nach langer Zeit wieder zusammenfanden. Meine Langeweile verschwand sofort. „Wenn du wüstest, wie ich mich freue, dich zu sehen, mein lieber Sebastian, ich glaube, wir sahen uns eine Ewigkeit nicht." „Ich aber, was für eine Freude für mich, dich zu sehen." Sein Gesicht strahlt. Ich denke oft daran das, in den Ländern, in denen die Deutschen die Minderheit darstellen, halten sie mehr zueinander. Sie freuen sich, einander zu sehen. Es geht uns allen nicht gut, deshalb sind wir alle aufeinander angewiesen, das ist der Grund", dachte ich. Es ist Werktag. Auf dem Boulevard gibt es wenig Menschen, die sich hierher zu dieser Zeit einfanden. Die Leute versuchen um die Tageszeit den Stress, von sich zu schütteln, wen es klappt, ruhe schöpfen. Mein Magen fängt an zu knurren. Unschönes Gefühl, immer zum unpassenden Moment. Ich schaue meinen Freund verlegen an. Mein Magen knurrt wieder, er erinnert mich an den Hunger. Da ich von zu Hause ging, as ich nicht, aus dem Grund, dass es kein Essen im Kühlschrank gab. Ich hatte mir nichts besorgt. Sebastian bleibt stehen, „hör zu, mein Freund, nicht nur dein Magen knurrt, mich quält auch der Hunger". Ich schaue ihn wieder verlegen an. „Im Park gibt es eine Kantine, wir können uns was bestellen". „Ich kann was vertragen, sagte Sebastian ich dachte an Samsa." Die Asiatischen Teigtaschen füllt man mit Hackfleisch, Zwiebeln, Gewürzen, sie werden im Ofen gebacken, machen die Hände nicht fettig, dazu schmecken sie hervorragend. Zum Glück gibt es in der Kantine, unter den Namen „Süd", die besten Samsa in der Stadt. Was einem Könner auffällt, in jede einzelne Teigtasche kommt ein Stückchen Flomen vom Lamm. Manche Köche sparen, sie backen die Samsa ohne Flomen, die werden dann Zeh, der Geschmack ist nicht so gut. Manche mögen das Fett nicht, die bekommen dann ihre Teigtaschen ohne. Man bestellt ein Kännchen Tee, dadurch wird die Mahlzeit zum Genuss. Tee trinken ist eine Tradition in diesem Land, der Sommer ist lang, die tage heiß. Die Heimischen sagen, der grüne Tee, ist der beste Durstlöscher, den es in der heißen Gegend gibt. Wir schauen einander an, unsere Meinung stimmt über eins. „Komm, wir gehen rein, mich quält, ein Bärenhunger." Die Kantine steht abgesondert, eine gepflegte Wiese, ziert den Zugang. Dies ist nicht selbstverständlich. Den Rasen pflegen, benötigt fiel Wasser. Die Wiese ist umgeben mit einem Zaun, aus Eisen geflochten, circa ein Meter hoch. Gestrichen ist er mit weiser Farbe. Das alles, macht das einstöckige Gebäude so anziehend. Aus dem Innenraum kommt leise Musik. Es kommt ein Geruch vom gebratenen Fleisch. Sebastian schaut mich an, „ich bewirte dich heute. Ich verstand ihn, es soll heißen, du bist sowieso nicht flüssig. „Ha Ha, eigentlich hast du Recht mein Freund, mein Geldbeutel vergas ich zu Hause, ich lasse mich gerne bewirten. Nur die Getränke bezahle ich", OK? Sebastian grinst. Es ist natürlich ein Scherz von mir. Das Getränk, das es in dieser moslemischen Kantine gibt, ist ein Kännchen Tee, so wie ein Pott Limonade, mit Eis. Das kostet sowieso, nur ein paar, Tanga. Sebastian lächelt, wir verlassen den Bürgersteig. Über die Wiese latschen macht Spaß. Der Rasen ist schön geschnitten. „Es ist eine Wohltat für die Füße, über solch eine Wiese barfuß zu gehen." Unerwartet bleibt Sebastian stehen, zieht seine Schuhe aus, so latscht er barfuß zum Eingang. Wir erreichen die Tür der Kantine. Das Gebäude ist abgelegen. Ich schaue fragend seine Füße an, dann ihn. Daraufhin sagte er einfach, „meinen Füßen tut es gut." Er hatte keine Hemmungen mit seiner Tat." Die Kantine gehört zum Stadtviertel, dass den Namen Sozialviertel trägt. Es soll niemand auf den Gedanken kommen, dass es ein runtergekommenes Viertel ist, wenn es den Namen sozial trägt. Im Gegenteil, es ist das schönste Viertel der Stadt, gebaut in den Zweiten Weltkrieg von den Kriegsgefangenen Japanern. Viele Gebäude sind mit Marmor verkleidet, den man in der Nähe von unserer Stadt, heute noch gewinnt. Den Namen sozial, trägt die Altstadt. In dieser Kantine ist es gemütlicher, denn wo anders. Das Essen ist perfekt, besser denn sonst wo, in der Stadt. Es ist ein Verdienst des Kochs. Wir nahmen Platz. Der Koch kommt persönlich bei, eine weise Schürze um die Hüften gelegt, seine weiße Mütze, schaut aus seiner Manteltasche. Wir bestellten uns Essen, ein paar Samsa, mit zwei Kännchen Tee. Vor dem Essen trinkt ein jeder von uns zu einer Tasse. Es ist Tradition in dem Land, hier wird der Tee vor dem Essen, während der Mahlzeit, so auch nach dem Essen getrunken. Der Koch kommt mit einem Tablett. Darauf liegen, duzend leckere, Teigtaschen. Wir fallen über die Samsa. „Sie schmecken hervorragend, Sebastian kann sich den Lob nicht verkneifen. Mit gutem Essen ist man schnell fertig, sagt er. Den Rest des Tees tranken wir oben drauf. Sebastian gab dem Koch das Geld. Zufrieden gingen wir nach draußen. Bäume stehen entlang der Allee. Bänke unter den Bäumen, auf denen die müden Pilger Platz nehmen können. In der Nähe gibt es auch einen Teich. An dem Ufer entlang ist Weidegebüsch gepflanzt. Sebastian bleibt stehen, seine Gedanken sind von Lyrik befallen. Schau mal, die Äste wie verflochten sie wachsen, ob sie sich ineinander verlieben, oder einander ein Geheimnis ausplaudern? „Was murmelst du mein Freund." „Schau Mal die Weiden wie schön sie aussehen. Jetzt verstand ich, was er meint. Die Äste von den Weiden hängen über dem Wasser, ob sie von der Kühle des Wassers nicht genug bekommen? Mich überwältigte auch die Lyrik. Ein paar ältere Leute sitzen auf den Bänken, sie genießen die kühle Luft, die vom Wasser zieht. Sie sitzen schon lange hier, das sieht man an ihrer Haltung. Zu erzählen ist nichts mehr, es ist alles erzählt. Sie schweigen einfach, genießen ihre Ruhe, die ihnen von Mutter Natur beschert ist. „In der Ruhe liegt die Kraft", Sebastian konnte sich das Lästern nicht verkneifen. „Wollen uns am Teich setzen", schlug mein Freund vor. Ach nein, wir setzen uns unter den Bäumen. Wir suchten eine aus Bank im Schatten eines Akazienbaumes. Ich liebe Akazien, der Duft, von den Blüten im Frühling, ist mir das Jahr über in der Nase. „Zeit ist reichlich da, wollen die Ruhe genießen", sagt Sebastian. Er lehnt sich zurück, schließt die Augen, er schweigt. Wie auch immer, wen kein Thema parat ist, fragt man seinen Gesprächspartner etwas, was einem in diesem Moment so einfällt. So ging ich auch vor. „Hör Mal zu, mein Freund du sprachst vorhin von einem Lkw, mit dem ihr Ausflüge macht, ist er bei euch schon lange?" Das Einzige, was mir einfiel, das fragte ich, doch damit, traf ich ins Schwarze. Die Frage vom Lkw schien eine bedeutungsvolle Frage für ihn zu sein. Er wollte mir gerne die Geschichte erzählen, weil er selber daran teilnahm. Das sah ich ihm an. „Ich hole die Geschichte aus dir raus, mein Freund, um jeden Preis", dachte ich. Ihn bat ich, „erzähl mir die Geschichte, ich bin gespannt." Er schaute mich an, „verstehe, wir sahen uns schon lange nicht, deshalb kannst du, nicht auf dem Laufenden sein." Ja mein Freund, das stimmt. „Dann höre Mal zu, ich erzähle dir, wie unser Atelier in Besitz des Fahrzeugs kam." „Dein gehorsamster Knecht", er verneigte sich schauspielerisch vor mir, „hatte auch dazu beigetragen, sozusagen unwissend." „O Sebastian, wie spannend." „Dieser Fall konnte einen Einfluss auf mein weiteres Leben bekommen." Mein Freund wirkte nachdenklich. Er machte es noch spannender. „Der Fall mit dem Lkw konnte mir, eine Gut bezahlende Stelle im Ministerium bringen." Ich schaute ihn verwundert an. „Ich verstehe Sebastian, warum nicht?" „Dieses Mal versagte mein, verstand." „Sebastian, dein doch nicht?" „Doch, ich entschied, dass alles so bleiben soll, wie es ist, weil mein Leben, das ich zu der Zeit führte, mir gefiel." „Ich hatte keine Lust es zu ändern." Ich schaute ihn fragend an. „Natürlich wurde ich, heute anders handeln, aber damals?" Gespannt hörte ich ihm zu. Doch Sebastian ließ sich Zeit. Ich saß mit offenem Mund da, „es ist so spannend mein Freund." Endlich fing er an. „An jenem schönen, sonnigen Morgen deutete nichts darauf hin, dass an diesem Tag, was Unangenehmes passieren wird." „Ich kam zur Arbeit, ging in die Lagerhalle, wie auch die anderen, nahm mir ein reparaturbedürftiges Gerät." Da hörte ich, wie unser Kollege Kolja sagte, „wisst ihr was Jungs, zu uns kommt ein Revisor." Die Jungs umringten ihn, wer ist es, woher kommt er, was will er bei uns? Unser Kolja, der sonst alles wusste, konnte uns dieses Mal nicht viel erzählen. Er wusste nur, dass der Mann gestern, die Chemiereinigung der Stadt inspizierte, heute wollte er, zu uns kommen. „Er kommt aus dem Ministerium", mehr konnte unser Kollege nichts sagen. Ich brachte das Gerät in meinen Händen auf mein Reparaturzimmer. Mit dem Revisor, das musste wahr sein, den Kolja erfuhr immer alles früher denn die anderen. Das beunruhigte die Jungs. Besonders den Chef unseres Ateliers. Es gab bei uns noch eine Person, die sich große Sorgen machte, unsere Kassiererin. Kleine Verbrechen begangen wir alle. Es wurde vieles schwarz gemacht, keine Papiere ausgestellt, der Staat aber verlor dadurch seine Steuergelder. Was ist schon der sowjetische Staat Sebastian? Es Ist eine Kuh, die ein jeder melkt, der es kann, fand ich mich zurecht „Gewissensbisse gab es bei uns keine, du weist es. Besonders schlampig wurde mit den Ersatzteilen umgegangen. Man baute sie ein, das Geld steckte man in die eigene Tasche. Nachher trug man die Teile, in eine falsche Liste ein. Die Atmosphäre, die sich in unserem Atelier dank der Führung aufbaute, kann man wie sehr angenehm bezeichnen. Sebastian blieb kurze Zeit schweigend sitzen. Er überlegte, auf seinem Gesicht tauchte Traurigkeit auf. Das beunruhigte mich. „Ist damals was Schlimmes passiert mein Freund? Hat man dich bestraft?" Die Besorgnis verliest mein Herz nicht, wen seitdem bestimmt viel

Zeit verging. „Ach nein höre bitte weiter." „Es stellte sich heraus, dass die Visite des Revisors, ich verursacht hatte." „Du?" „Ich", Sebastian wurde schweigsam. „Ich verstehe immer noch nicht womit, ich kenne dich, wie einen gescheiten Mann." Ich wollte ihn aufmuntern. „Unterbreche mich bitte nicht so oft, mein Freund." Ich machte ein Zeichen, das mein Mund verschlossen ist. Er lachte los, meine Geste kam ihm lustig vor. Dann fuhr er mit seiner Erzählung fort. „In die Werkstatt brachte man, vor ein paar Monate, zur Reparatur einen Weltempfänger, der Marke Daugava." Das Erzeugnis kam aus der Radiofabrik in Riga. „Auf dem Empfangszettel stand, der Transformator fing Feuer." „Da in unserer Werkstatt nur ich, eine Wickelmaschine für Trafos besaß, ist es meine Aufgabe dieses Gerät zu reparieren." „Ich hob die Rückwand ab, einen Blick genügte, um festzustellen, dass der Transformator defekt ist." Der stand in Radio total verkohlt. Man konnte weinen beim Anblick dieses Teils. „Ist noch gut das nicht ein großes Feuer ausbrach", dachte ich. Einen Neuen wickeln, lag sowieso auf mir. Der Weltempfänger Daugava ist eine Maschine der dritten Klasse, obwohl die Stromversorgung der Röhre kompliziert ist. Der Trafo brauchte zusätzliche Wicklungen, für das Kantaren Rohr. Bei näherem anschauen, des überaus komplizierten Mechanismus, sollte man die Fertigung sowie den Einbau der Trafo, in die zweite Klasse einstufen. So dachte ich, als der verkohlte Trafo, ausgebaut wurde. Also wickelte ich einen Trafo, baute ihn auch sofort ein. Nach einer Säuberung des Innenteils funktionierte das Gerät einwandfrei. „Bewährte Handarbeit was", sagte mein Kollege, dessen Arbeitstisch neben meinem stand. „Ja die Maschine ist perfekt, die wird noch viele Jahre ihrem Besitzer treu dienen", bestätigte ich. Vom Trafo bis zum

Lautsprecher, alles von Hand zusammengebaut. Ich überlegte kurz, was die Reparatur kosten wird, dann stufte ich das Gerät in die dritte Klasse ein, nach Anweisung des Werks. Die Fertigung der Spule für den Trafo, den Einbau des Trafo, stufte ich in die zweite Klasse ein. Es war ungewöhnlich, doch die Arbeit mit dem Trafo, nahm mir viel Zeit ab. Ich riskierte es. Der Preis von meiner Sicht ist gerecht, wenn auch sehr hoch. Ich brachte das fertige Gerät auf das Lager. Nach ein paar Tagen kam der Besitzer. Er sah den Preis, machte einen Krach, und lies das Gerät auf Lager. Er drohte Klage einzureichen. „Ich gehe bis zum Ministerium", schrie er. Drohungen gab es immer, also machte ich mir über den Vorfall keinen Kopf. Es vergingen ein paar Wochen. An einem Schonen, aber unglückseligen Sommertag, den Kolja ansagte, kam in unser Atelier dieser Mann, der eine Beschwerde über mich in seiner Mappe trug. Die Uhr schlug elf, die Tür in das Atelier öffnete sich abermal. Unser Chef kam rein in Begleitung eines unbekannten Mannes, hinter ihnen ging der Chef des städtischen Dienstleistungsbetriebs, den kannten wir bereits. Der Mann, den ich nicht kannte, ist anfangs vierzig, mittelgroß, schlank, rasiert. Sein Gesicht trägt eine gelbliche Farbe. Er ist eine Büroratte, der verbringt, fiel Zeit am Schreibtisch, dachte ich. Nachher erfuhr ich, dass er eine hochrangige Person aus dem Ministerium ist, der Chef einer Abteilung. Mein Chef ging mit ihm durch den Korridor in sein Büro. Nach kurzer Zeit kamen die beiden zurück, in den Raum, wo die Kassiererin ihr Büro hatte. Maxim Maximowitsch stellte er sich vor. „Swetlana unsere Kassiererin sah blass aus", erzählte nachher mein Chef, „doch Sie hielt sich tapfer, nicht wahr Swetlana?" „Ich bekam kalte Füße." „Wen er was entdeckt, bin ich mit Greg zusammen", sie schaute Greg an,

„auf ein paar Jährchen im Knast gelandet." Die Jungs grünsten. „Mit wem habe ich die Ehre", Maxim Maximowitsch redete altmodisch. „Swetlana, ich bin die Kassiererin", sie machte einen Knicks. Nachher konnte sie es nicht erklären, warum der Knicks. Anscheinend vor Angst. „Ich werde ihr Atelier inspizieren, zeigen sie mir bitte zuerst dieses Gerät." Maxim Maximowitsch ist ausgesprochen höflich. Aus der Mappe holt er den Bezugschein mit der Rechnung auf die Daugava. Swetlana sah auf die Unterlagen von dem Gerät, das ich damals reparierte, darunter stand meine Unterschrift. Er ist ein Gentleman, geht mit Svetlana zu den Regalen, mit den reparierten Geräten. Dort ist die Daugawa. Der Weltempfänger ist echt schwer. Maxim Maximowitsch brachte ihn auf seinen Tisch, dafür bekam er von unserer Swetlana ein sanftes Lächeln im Paket mit einem Dankeschön. Geben Sie mir auch das Gerätebuch, in dem Sie alle Geräte, die im laufenden Quartal, eintrafen, listeten. Schweigend vertiefte er sich in das Schreiben unserer Kassiererin. Sein Schweigen brachte Unruhe in das Herz unserer armen Swetlana. „Das ist die Daugava, die unser Meister reparierte", erinnerte sie ihn, aus welchem auch sei Grunde. Sie hatte einfach das Bedürfnis was zu sagen. „Klar machen sie Ihre Arbeit, ich schau mir zuerst die Bücher an." Es kam die Zeit was, zu essen. Ich machte mich in die Kantine, nahm mein Essen zu mir, blieb noch eine Weile sitzen, dann kehrte ich auf mein Reparaturzimmer. Swetlana latschte, abermals an ihm vorbei. Sie sah, dass er die Rechnung für die Daugava anschaut. In seiner Hand lag das Original, von dem er eine Kopie in seiner Mappe trug. „Soweit ich sehe, ist die Reparatur unangemessen teuer", er hielt ihr die Rechnung vor die Augen. „Ich kenne mich nicht aus, ich kann ihnen den Meister rufen er ist auf seinem Zimmer." „Bitte, er schaute Mal das Original, Mal die Kopie an. Alles ist OK, nur so teuer. Swetlana kam auf mein Zimmer, „er fragt nach dir, wegen der Daugava." Ich schlenderte, auf wackeligen Beinen, mit ihr in die Halle, wo er saß. Sie zeigte mit den Augen auf Asimow, so hieß der Mann mit Nachnamen, dann ging sie raus. „Guten Tag", ich blieb höflich vor ihm stehen. „Asimow aus dem Ministerium", er schaute mich an, wie einen leblosen Gegenstand. Er wollte mich einschüchtern. „Sebastian" ich sprach meinen Namen so gelassen aus, wie ich nur konnte zu diesem Moment. „Ja Sebastian", er zeigte auf den Weltempfänger, der vor ihm auf dem Tisch stand, „Ist das Gerät von ihnen repariert?" „Ja". Auf sie ist eine Beschwerde im Ministerium eingegangen, darin steht, dass die Reparatur zu teuer ist, teurer wie das Gerät heute. Dreißig Rubel, das ist ein Viertel vom Monatslohn eines Facharbeiters. So kann man das auch sehen, Maxim Maximowitsch, doch werfen Sie bitte, einen Blick auf die Leistungsliste". Er schaute die Liste an, dann mich. Mein Schreiben sagte ihm nichts. „Erklären sie mir bitte, wie sie das kalkulieren?" „Schauen sie mal", ich öffnete das Gerät. Zum Glück ist der Deckel locker. „Das ist der Transformator, mit einem Kenatron Rohr, das heißt, er braucht zusätzliche Wicklungen." Es ist ein großer Aufwand an Arbeit, kostet Zusätzliches an Materialien. „Zeit braucht das auch, deshalb gehört er zu den Trafos der zweiten Klasse." Ich dachte, dass dies Problem aus meinem Wege ist, doch ich irrte mich, ich weckte in ihm wieder einen, Bürokrat. „Laut der Anweisung des Werks gehört dieses Gerät zu dem Weltempfänger der dritten Klasse." So ist es vom Werk eingestuft. So ist es von mir auch eingestuft, das Gerät in die dritte Klasse, den Trafo dagegen, in die Zweite, wegen des Aufwands an Arbeit." Ich schätze es ist gerecht. Asimow schaute nachdenklich vor sich hin, er überlegte eine Weile, dann sprach er, „ich muss mich mit diesem Fall, zuerst vertraut machen." Er streckte die Hände nach vorne, mir schien, er will diesen Fall greifen. Ich glaube, sie sind auf dem richtigen Weg, sagte er nachdenklich, die Arbeit eines jeden Menschen muss gerecht belohnt werden. Sie können gehen, danke. Es ist ein kleines Steinchen, das gegen den Eisernen Vorhang des sozialistischen Systems, geschleudert wurde. An der Macht stand Breschnew seine letzte Zeit. An Perestroika konnten die Menschen nicht Mal denken. Ein jeder muss für seine Arbeit belohnt werden. Das sind beflügelte Worte, eines Mannes aus dem Ministerium, der voraussah, was nach ein paar Jahren kommen wird. Ich ging auf mein Reparaturzimmer, ich musste zuerst alles verkraften. Meine Laune ist mies. Mein Chef kam unbemerkt bei, komm in mein Büro wollen eins runterkippen in der Kehle ist es trocken, nach diesem Besuch. Greg schien mit seinen Nerven, am Ende zu sein. Meine Kehle ist auch trocken, danke Chef" ich folgte ihm. Er holte eine Flasche Portwein aus dem Schrank, goss einem jeden ein. Wir tranken aus. Niemals war ich Greg so dankbar, wie für diese Unterstützung. „Danke, ich machte mich auf mein Zimmer, dort arbeitete ich bis zum Abend." Meine Laune war mies. Kurz vor dem Feierabend, ging die Tür auf. Ich drehte mich um, Greg kam rein. „Willst du heute Abend, das Restaurant besuchen?" Ich schaute ihn verwundert an. Wir praktizierten Restaurant besuche, nur gab es da, immer einen anlas, Geburtstag, Hochzeit etc. „Gibt es einen Grund?" „Ja, Asimow nimmt dort sein Abendessen zu sich, das sagte mir jemand aus dem stätischen Dienstleistungsbetrieb." Ich willigte ein, nach solch einem stressigen Tag, hoffte ich, dass ein Kognak mich aufbaut.

Unterhaltung mit Asimow schadet mir auch nicht nach unserem seltsamen Abschied. Am Abend gingen wir ins Restaurant. Mein Chef machte sich Sorgen, denn Asimow trug mehrere Beschwerden in seiner Mappe. Zu der Zeit stand es schlecht mit Ersatzteilen, die wir benötigten. Unser Atelier hatte noch ein Problem, seit einiger Zeit, setzte sich Greg in den Kopf, dass wir einen Lkw benötigen. In Besitz eines Autos könnten wir die Dörfer, die um unsere Stadt herum liegen, besser bedienen. Wir konnten in die Dörfer fahren, bei den Kunden zu Hause ihre Geräte reparieren. Diejenigen, die man bei den Kunden zu Hause nicht reparieren kann, mit den Lkw zum Atelier bringen. Dadurch könnten wir höhere Pläne auf uns nehmen, somit mehr Arbeit bekommen. Dieses Problem beschäftigte Greg schon längere Zeit. Hier bot sich die Gelegenheit, über manche Dinge zu reden. „Echt clever Chef, womöglich haben wir Glück." Wir gingen rein, das Restaurant ist noch nicht gefüllt. Wir suchten uns einen freien Tisch aus. Nach ein paar Minuten kam ein Ober, der unsere Bestellung entgegen nahm. Er brachte uns eine Karaffe mit Kognak. Der Kognak löst die Zungen, er gibt Mut, sodass manche Probleme, die sonst schwer lösbar scheinen, plötzlich kein Problem mehr darstellen. Wir nahmen zu einem Schluck, aßen unser Essen. Der Kognak ist perfekt, Greg lehnte sich zurück. „Kann es sein das Asimow sonst wo, sein Mahl zu sich nimmt", äußerte ich mich. „Der kommt", antwortete mein Chef kurz. Asimow kam später, bei ihm gibt es offensichtlich andere Zeiten, um sein Essen zu sich zu nehmen. Er bemerkte uns nicht, bestellte sich Essen. Seine Bestellung kam, Greg stand auf, „ich lade ihn zu unserem Tisch. „OK. Versuche es", ich zuckte mit den Achseln, „ich will sehen, ob das klappt. Wie er es schaffte, weiß ich nicht, doch nach einer Minute, umdisponierten wir das Essen vom Asimow, auf unseren Tisch. Er setzte sich zu uns, wir tranken noch einen Kognak. Das Gespräch auf wirtschaftliches Thema nahm seinen Lauf. Eigentlich verlief das Gespräch nur zwischen den Zwei, ich dagegen horchte ihnen zu. Mein Chef beklagte sich über die Schwierigkeiten, die wir auf der Arbeit mit den Kunden ständig bekommen. Den Mangel an Ersatzteilen, was die Kunden natürlich nicht verstehen. Unser größtes Problem ist, das Transport Mittel. Asimow schwieg mit einer abwesenden Mine auf dem Gesicht. Im Besitz eines Lkw könnten wir unsere Kunden besser bedienen. Es stellte sich aus, das Asimow bestens informiert ist. Er wusste genau unsere Probleme. „Dieselbe Probleme gibt es, in allen unseren Filialen", sagte er. Er versprach nichts, nicht Mal bessere Belieferung mit Ersatzteilen. „Wir können euch nichts geben", sagte er. Im Restaurant herrscht Heiterkeit, die Musiker geben ihr Bestes. Paare gehen auf die Tanzfläche. Ich ging zu den Musikern, legte drei Rubel auf ihr Tischlein, „Twist bitte", ich musste mich entspannen. Dann lud ich eine Dame zum Tanz ein. Ich wollte die Zwei unter vier Augen lassen, damit sie ungestört über ihre Probleme reden konnten. Das Geschöpf, das sich an mich drückte, ist pummelig, etwas Patsch aber in meinem Zustand, eine angenehme Partnerin. Die Musik überschlug auf einen langsamen Tanz. Nach kurzer Unterhaltung fingen wir an, uns zu duzen. Ich überlegte schon mit ihr, einen Spaziergang zu machen. Zum Glück ging die Musik zu Ende. Ich begleitete Sie zu ihrem Tisch. Eine unzufriedene Mine tauchte auf ihrem schönen Gesicht auf. „Ich bin bald wieder bei dir", beruhigte ich sie, „fühle dich Wohl." Ich kehrte zurück, zu den zwei. Der Gast trat kurz weg, da sagte Greg zu mir. Weißt du, er möchte eine Frau kennenlernen, kennst du jemand, die infrage kommt?" Ich überlegte kurz. Ist wo möglich Single, dachte ich, sucht nach einer Lebensgefährtin. Zu der Zeit wohnte einen Stock höher, über unserem Atelier eine Frau. Sie ist Ende zwanzig, geschieden, auch eine Tochter sieben Jahre Jung, hat Sie. Die Frau hieß Luba. Sie besuchte alle unsere Veranstaltungen im Atelier. Von Natur aus aufgeweckt, sehr kontaktfreudig. Diese Luba viel uns jetzt ein. „Genau", sagte Greg, sie einzuladen, ist kein Problem." Ich verstand ihn, wir rufen unsere Swetlana an, den Rest erledigt sie. Sie ist eine Freundin von Luba. Swetlana willigte sofort ein. Es verging nicht Mal eine halbe Stunde, die Zwei, kamen durch die Tür. Bestes gelaunt, schön gekleidet, man konnte denken, dass sie von der Einladung wussten. Sie dufteten nach Parfüm wie Rosen im Mai, zu voller Zufriedenheit von Maxim. Luba ist eine attraktive Frau. Ich stand auf, ging den Damen entgegen, galant begleitete ich sie zum Tisch, wo Greg, Nachschub an Getränken kommen ließ. Ich muss sagen, starke Getränke, für unsere Damen ist nichts Neues. Nach ein paar schluck Kognak, wurde das Gespräch wesentlich lebhafter. Das Thema überschlug sich, von Wirtschaft auf Kultur, Kino, Theater, etc. Luba hatte die Gabe zum Reden, ganz besonders Männer zu unterhalten. Sie nahm Platz neben Maxim. Nach kurzer Zeit rückte sie ihren Stuhl näher zu seinem. Mal durfte er ihr Beinchen, aus dem Augenwinkel mustern, Mal hob sich das Röckchen etwas hoher, sodass er ihre Weise Oberschenkel, bewundern durfte. „Was für ein Luder", dachte ich „Sie ist ein echter Profi", was ich in ihr nicht vermutete. Wir saßen bis spät abends. Es ist alles geklärt. Es ist Zeit, auseinanderzugehen. Max bat die Luba um Erlaubnis, sie nach Hause begleiten zu dürfen. „Natürlich", sagte Luba, „ich werde doch bei drei Männern nicht alleine, nach Hause latschen." Dazu kam Max, wie wir ihn jetzt nannten, aus einer anderen Stadt, er konnte sich hier nicht aus. Luba schaute unsere Swetlana an, sie lud uns beide zum Übernachten, bei sich ein. „Es soll anständig aussehen", dachte ich. Meine Freundin schaute mich an, sie gab mir ein Zeichen, was heißen sollte, wir gehen mit." Laut sagte sie gerne, wen wir euch nicht stören", sie lächelte. Auf keinem Fall, Luba nahm Max unter den Arm. Wir machten uns mit vier Mann zu ihrer Wohnung. Greg entschuldigte sich, „auf mich wartet viel Arbeit zu Hause", sagte er. Was konnte er noch sagen, er blieb sowieso ohne Paar. Nach ein paar Minuten bekam Swetlana mit mir, ein Zimmer. Ein Zimmer bekam Max, eins blieb Luba. „Meine Tochter ist bei der Oma, deshalb ist das Zimmer frei", erklärte Sie. Wir gingen zu Bett, Swetlana ließ die Tür einen Spalt offen. Ihre Frauenneugier nahm überhand, sie wollte mitbekommen, wie es zwischen den zwei abläuft. Nach kurzer Zeit konnten wir sehen wie Max, nur in Slips, mit einem Kissen unter der Achsel, an unserer Tür vorbei latscht. Er begibt sich direkt in Lubas Zimmer. Luba spielte die Rolle einer zimperlichen Dame. Nach ein paar Minuten kam sie, aus dem Zimmer, wo Maxim Sie aufsuchte. Sie kam mit ihrem Kissen aus dem Zimmer. Sie schob ihre Brüste vor sich her, wie die Herrscherin der Welt, auf das Zimmer, das Max zugesagt ist. Gut gelaunt wackelte sie mit dem Po, an unsere Tür vorbei. „Glaubst du, sie weiß es, dass wir noch nicht schlafen", flüsterte ich Swetlana zu. „Blödsinn sie weiß es genau, sie spielt nur eine zimperliche Dame." Wieder vergehen ein paar Minuten, Max kommt aus dem Zimmer, dass Luba verlies, er macht sich, mit dem Kissen unter dem Arm, geradewegs zu Luba. Es ist schon nach Mitternacht, mehrere von ihren Gängen ließen sie hinter sich. Meine Freundin wollte anscheinend den Zwei helfen. Sie heizte mich an. Während die

Zwei, Mal die eine, Mal der andere durch den Flur latschen, zeigte meine Freundin, was Sie drauf hat. Sie belebt den Sex, wie ich ihn bei ihr nicht kannte. Ihr Stöhnen, ist so naturell, dass ich dachte, so könnte es immer bleiben. Die Zwei Sollen auch weiter, voneinander laufen. Ich warf einen Blick durch die Tür, Max ging gerade an unserer halb offenen Tür vorbei. „Swetlana, so süß kannte ich dich nicht." Sie schaute durch den Spalt in der Tür. Sie sah Luba, an unserer Tür vorbeigehen. Swetlana atmete schwer auf. „Wir können ihnen nicht helfen", sagte sie, „sie sollen sehen wie sie miteinander klarkommen." Sie stand auf, latschte zur Tür. Was hast du vor? Sie machte die Tür zu. „Wollen schlafen, es ist bald Morgen." Nach ein paar Minuten schnarchten wir zwei, wie die Weltmeister. Nachher erzählte Luba Folgendes, er Verfolgte mich mit seinem Kissen unter dem Arm, bis zum Morgengrauen, dann überwältigte mich die Müdigkeit. Ich gab mich ihm ab. Max dagegen horchte nur, er sagte kein Wort. Sein männliches Bedürfnis ist befriedigt, seine Luba erobert. Diese Nacht schaffte was Gutes für Luba. Sie bekam an demselben Tag eine Arbeitsstelle bei der Chemiereinigung, auch die Hoffnung, dass Sie dort kariere, machen kann. Am Morgen ging ich mit Swetlana in unser Atelier, es lag einen Stock tiefer. Der Arbeitstag begann. Gegen Mittag kam Max mit unserem Chef auf mein Arbeitszimmer. Er ist gut gelaunt, lacht fiel, macht Witze. „Er erzählte ein paar witzige Geschichten, darunter eine, die mir auch jetzt noch vor den Augen steht", sagte Sebastian. Mein Chef, unser Minister, fuhr vor kurzem nach Karakalpakistan, um das dortige Ministerium, zu inspizieren. Er nahm seine Sekretärin mit, wegen der Menge Arbeit, die sich dort angeblich angesammelt hat. Seine Arbeit ist erledigt, daraufhin bekam er das Bedürfnis, wie alle Sterblichen, zu entspannen. Er äußerte den Wunsch, einen Ausflug, mit seiner Sekretärin, auf eine der nahe gelegenen Inseln machen, um dort zu entspannen. Er ließ sich eine Karte bringen, suchte sich auf der Karte eine Insel aus, die nicht besiedelt ist. Auch nicht weit vom Ufer entfernt, grinste Max. Zum Glück gab es damals eine Menge von denen auf dem Aralsee. Seine Untertanen besorgten ein Paddelbot, Lebensmittel, Getränke auf ein paar Tage, da das Wasser im Aralsee ungenießbar ist. Er wusste, dass es ihm langweilig wird, deshalb nahm er, seine Sekretärin mit, ins bot. Sie legten ab. Am Ufer blieben hochrangige Mitarbeiter des Ministeriums. Ihr Chef sagte es ihnen nicht, wann er zurück ist. Er ließ sie einfach in Unwissenheit. Ihn fragen, wann sie ihn empfangen sollten, genierten sie sich. Der Minister paddelte weg, in dem er einen Song vor sich her brummte. Sie ließen einen Kollegen Wache stehen, die anderen fuhren auseinander. Am Abend trafen sie sich an dieser Stelle, um ihren hohen Chef zu empfangen. Sie warteten bis in die Nacht, ließen ein paar Leute am Ufer, falls er, heute noch zurück sein sollte. Der Rest fuhr auseinander. Am nächsten Morgen trafen sich alle an der Stelle, wo er sie verließ. Die Zwei sahen sie nicht. Nach diesem Szenarium vergingen im Warten drei Tage. Besorgnis schlich sich in ihre Herzen. Ist vielleicht was passiert, sagte der eine, der andere dagegen grinste. Mit solch einer Frau wie seine Sekretärin möchte ich auch, Robinson Crusoe etwas länger spielen. Einige schlugen vor, sich auf die Suche zu machen, die andere dagegen, fürchteten seinen Zorn. „Wir müssen abwarten", rieten sie, „das Wetter ist schön? Wer möchte nicht ruhe schöpfen? Am Abend des dritten Tages sahen sie das Boot. Mein Chef, mit seiner Sekretärin, munter, fröhlich gut ausgeruht ruderte zum Ufer.

Wie die hochrangige Angestellte, diesen Vorfall verkrafteten, will ich nicht raten. Seine Ankunft hatte man nicht verpasst, den Zorn des Vorgesetzten nicht auf sich gelenkt. Sebastian schwieg. „Was für ein Rüde, ich meine den Minister", sagte ich zu Sebastian, „Leute auf sich tagelang warten lassen." „Ach was, die können es sich leisten", sagte Sebastian. Wir saßen lange in meinem Reparaturzimmer. Mir schien, Max hatte das Bedürfnis sich auszureden, seine Gefühle planschten über den Rand. Endlich sagte er, „wir wollen vom Sachlichen sprechen." Er schaute mich an. „Sebastian, komm zu uns arbeiten, in das Ministerium, in meine Abteilung, ich stelle dich ein." Ich stand auf, schaute ihn mit offenem Mund an, dann warf ich einen Blick auf meinen Chef, auf seinem Gesicht erschien dieselbe verwunderte Miene." „Ist mein ernst, sagte Max, Leute die das richtige, durchsetzen können, brauchen wir." Was kann ich in dem Ministerium machen?" Deine Aufgabe wird sein in der Republik herum fahren, unsere Filiale inspizieren, neue Ideen durchsetzen, es gibt, fiel Arbeit." „Ich werde dir zur Seite stehen." Ich ließ mich nieder auf meinen Stuhl. Er schaute mich fragend an." Ich kann mich nicht sofort entscheiden, vielleicht packe ich es nicht." „Du packst es, überlege es dir." Damit kam mein Problem von Tisch. Er überging zu meinem Chef. „Du kommst in den nächsten Tagen zu mir, ins Ministerium, wir überlegen, was wir, für euer Atelier machen können." „Das ist ein Versprechen", dachte ich, sein Ton ist nicht so kategorisch wie gestern. Greg sagte Danke, damit verabschiedeten wir uns, er setzte sich in das Auto. Sein Fahrer langweilte sich schon lange, er ließ den Motor laufen, das Auto fuhr weg. Dann passierte etwas, das unserem Atelier zugute, kam. Nach ein paar Tagen kam Greg auf mein Reparaturzimmer. „Ich fahre zu Max, was soll ich ihm ausrichten?" „Weißt du, ich fühle mich hier wohl, möchte hier bleiben." Klar so richte ich es ihm aus, mein Chef wollte seinen Arbeiter nicht verlieren. Abends kam er zurück, ich sagte ihm, dass es dir hier gefällt. Max versprach uns ein Auto zuteilen, er meldet sich, wen es so weit ist. Damit bleibt uns nur abwarten. „Glaubst du, wir bekommen ein Auto?" Greg zuckte mit den Achseln, „er versprach es." Es vergingen zwei Wochen, Greg kam rein, sein Gesicht strahlte, wie eines Verliebten. Las mich raten, es klappte, wir bekommen ein Auto. Meine Stimme verriet meine Freude. Er grinste von Ohr zu Ohr. Ja wir bekommen, ein echtes Reparaturauto mit voller Ausrüstung, geeignet für die Reparatur von Radio Fernseher, sonst noch was. Ich stand schweigend da, es ist nicht neu, dafür ausgerüstet mit entsprechenden Geräten. Jetzt bleibt Bek-Abad anrufen. Warum Bek-Abad? „Das Auto ist dort, wir sollen nur einen Termin vereinbaren mit den Kollegen." „Geil", ich konnte meine Freude nicht verbergen. „Ich rufe Bek-Abad gleich an", sagte Greg. „Komm, wir nehmen das Telefon bei Swetlana, sie kann auch mithören." Er rief an, in einer Minute bekam er eine Zusage, dass wir, jetzt schon unser, Auto abholen können. Greg schwieg eine Weile. „Ich glaube Gunnar, holt es ab, der ist im Besitz eines, Lkw-Führerscheins." „Du fährst mit ihm, wegen den Papieren oder sonst was dort anfällt." Gunnar ist ein Arbeitskollege von mir, er kam vor ein paar Monaten aus Estland, versteht sein Handwerk. Er ist in jeder Situation die Ruhe selbst. „Mache ich gerne", sagte ich." Ihr fahrt morgen, ich sage es Gunnar. Mein Chef ging aus dem Zimmer. Am nächsten Morgen machte ich mich mit meinem Kollegen zur Bushaltestelle. Gegen Mittag trafen wir im dortigen Atelier ein. Es verging eine Stunde, die Formalitäten sind erledigt, das Auto übersichtlich geprüft, los geht's nach Hause. Auf den holprigen Landstraßen zeigte sich unser Lkw, nicht von der angenehmen Seite, trotz dem kamen wir zügig voran. Gunnar ist zufrieden, weißt du, was wir mit einem Lkw alles machen können? Ich brachte Unwissenheit auf meine Visage, „was denn?" „Zum Beispiel Ausflüge, mit unserer Mannschaft machen, wir passen alle rein." „Geil man kann ein paar Mädels schnappen, in den Bergen am Fluss rasten." Er warf auf mich einen schelmischen Blick. Seine Stimme klang dabei ernst. Vieles andere kann man damit machen. Gunnar ist geschieden. Ich schaute aus dem Fenster, ich sah nur Baumwolle Felder. Unbemerkt grinste ich, wir müssen zuerst nach Hause kommen. Ja sagte er, bis jetzt geht alles Gut. Nach circa zwei Stunden hielt er an, vor uns lag das Städtchen Achangaran. Ich schaute ihn an. Alles OK, ich muss mal, er stieg aus dem Auto, überquerte die Straße. In der Nähe steht ein Baum, dort ging Gunnar hin. Ich machte mir es einfacher, kletterte, vom Beifahrer sitz, stellte mich gegenüber vom Hinterrad. Ich dachte nicht das, was passieren kann, ich pinkelte einfach drauf. Gunnar kam bei. Wir stiegen ins Auto. Hast du auf das Rad gepinkelt? Seine Stimme klang kläglich. „Nein" gab ich von mir. „Ich hörte es deutlich." „Nein ich ließ es daneben", in mir lachte alles, ich drehte mein Gesicht ab. „Wenn dies der Fall ist Sebastian, passiert was." Gunnars Stimme ist immer noch kläglich. „Blödsinn Gunnar, Aberglauben, wie viele Autofahrer machen das unterwegs, es passiert nichts." Ich schaute ihn an, er ist sauer, dreht sich ab. „Du wirst es sehen", höre ich seine leise Stimme. Der Ort Achangaran zieht sich in die Länge von zwei, Kilometer. Am Rande gibt es einen Bahnübergang, der Ort hatte Bahnverbindung. Auf dem Bahnübergang passiert es. Der Hinterreifen, es musste ausgerechnet der sein, auf den ich vor kurzem pinkelte, platzte plötzlich. Das Rad schlug mit dem Felgen auf die Bahngleise. Gunnar fuhr auf dem leeren Rad ein paar Meter von den Gleisen. Er stellte das Auto am Straßenrand ab. Ich schaute ihn an, „was ist das Gunnar?" „Dein Reifen ist geplatzt, ich hatte es dir gesagt." „Was heißt dein, ich habe doch keine Reifen." „Das Rad, auf das du pinkeln musstest, du Ochse." So sauer sah ich ihn nie. Jetzt kam es bei mir an. „Konntest du mich, nicht früher warnen, Gunnar", für mein Bedürfnis konnte ich einen anderen Platz aufsuchen." Wir stiegen aus, das rechte Hinterrad ist leer. „Es tut mir leid, ich konnte es nicht wissen, gibt es im Auto ein Ersatzrad?" „Nein", Gunnars Stimme, klang jetzt friedlich." Es gibt kein Ersatzrad im Auto, nichts zu essen, es ist Dunkel". „Bis zu Hause sind es noch fünfzig Kilometer". Das gab er mir in einem Atemzug raus. „Wir versuchen ein Lkw anzuhalten, vielleicht gibt uns jemand ein Ersatzrad, bis nach Hause." In meiner Stimme klang Leiden, obwohl ich kein Schulgefühl hatte. „Versuche es, Gunnar zuckt mit den Achseln." Nicht weit von dem Zugübergang ist der Bahnhof, dort gibt es ein Telefon, „gehen wir mal hin." Neben dem Eingang, in das Bahngebäude, hing an der Wand tatsächlich ein Telefon. Gunnar hob den Hörer ab, schilderte unserem Chef die Lage. „Leute ich versuche euch Hilfe zu verschaffen, doch ob es klappt weiß ich nicht." Wir schwiegen. „Es tut mir leid, ich rate, legt euch schlafen." „Platz bietet das Auto reichlich, morgen sehen wir, wie wir euch nach Hause bekommen", damit legte er auf. „Alles klar", sagte Gunnar in das Telefon, obwohl am anderen Ende schon aufgelegt wurde. „So mein Freund, wir können schlafen, bis morgen bekommen wir keine Hilfe." Zwei Bänke, an beiden Seiten des Autos, boten tatsächlich Schlafgelegenheit an, es fehlen nur Matratzen dachte ich. Warme Decken könnten wir auch brauchen. Heute müssen wir uns ohne solchen Luxus abfinden. „Uns fehlen auch, zwei schöne Mädels", grinste Gunnar. Am nächsten Morgen standen wir auf, total erfroren. Das Auto hatte keine Heizung, dabei ist es draußen saukalt. Die Laune ist mies. Dann ging alles glatt. Ein Fahrer, den wir anhielten, gab uns sein Ersatzrad. Wir schraubten es an. Es dauerte noch eine Stunde, Gunnar hielt vor unseren Atelier an. Das fremde Rad wurde abmontiert, dem Besitzer mit Dankeschön abgegeben. Auf die Art bekamen wir unseren Lkw, mit dem wir jetzt Ausflüge machen. Sebastian schwieg. Wir saßen noch auf der Bank, die Dämmerung brach ein. „Wie Frühe wird es um die Jahreszeit dunkel", sagte Sebastian. Einen Tag verplappert, jetzt muss ich meine Frau, von der Arbeit abholen", sonst bekomme ich den Laufpass. Ich lachte, reichte meinem Freund zum Abschied die Hand, „danke Sebastian". Da fiel mir was ein, „seit wann hast du geheiratet". „Das ist eine lange Geschichte, meine Frau lernte ich kennen, nach dem Sie aus dem Knast entlassen wurde, das liebreichste Geschöpf, das ich je kannte." „Sie verbrachte im Gefängnis unschuldig, sieben Jahre. Das ist aber eine Geschichte für sich." „Ich erzähle sie dir ein anderes Mal." Ich stand eine Weile da mit offenem Mund. „Mach es gut mein Freund", ein Händedruck, kurze Umarmung, wir gingen auseinander. Ob wir uns wiedermahl treffen? Noch ein paar Schritte er bleibt stehen, schaut zurück, „wenn du Mal einen Ausflug machen willst, rufe mich an." Er setzte seinen Weg fort". „Danke Sebastian, für die schöne Unterhaltung."

Eine nette Begegnung

Es gibt Begegnungen, aller Art. Nach manchen fühlt man sich gut gelaunt und kräftig, nach anderen wieder ist man verärgert, elend schlapp. Die meisten Begegnungen regen einen gar nicht an, man geht aneinander vorbei, vergisst, sofort, dass man diesen Menschen traf. Diese Begegnung traf mich wie ein Pfeil ins Herz wenn auch nicht sofort. Diese Geschichte erzählte mir mein Freund Arnold, der neben mir im Auto saß. Sie berührte mich zutiefst, ich konnte an nichts anderes denken, außer dem was mir mein Freund erzählte. Eine Frau, die ich nicht kannte, kommt mir entgegen, so fing er an, sie schaut mich seltsam an. Ihr Blick sagt mir, so siehst du aus, hätte ich nie gedacht. In ihrem Blick war etwas Verächtliches. Mir schien, dass sie mich kennt. Woher nur dachte ich. Ich rief die Erinnerungen aus meinem Fundus heraus, doch ich konnte mich nicht erinnern, sie schon Mal gesehen zu haben. Sie kannte mich, das sagte mir ihr Blick. Diese Begegnung ereignete sich auf einem Feldweg. Diesen Weg nahmen Leute, die eine Abkürzung zum Supermarkt wünschten. Ich nahm diesen Weg für meinen Spaziergang. Meiner Gesundheit kam das einsame Spazieren am Morgen auf einem Weg durch den Nadelwald zugute. Die Nadelbäume stehen in voller Pracht, sie machen die Luft heilsam. Wen ich durch einen Nadelwald latsche, tut es mir immer Gut. Der Harz an den Nadelbaumen ist gut für die Luftröhre, pflegte Herr Bäcker zu sagen. Menschen sind hier selten, sodass ich ein paar Bewegungen für meinen Rücken machen konnte, ohne von jemand beobachtet zu werden. Selten fuhr ein Radfahrer diesen Weg, aber die störten mich nicht. Diese Frau sah ich auch früher. Jedes Mal geschah es so, dass wir einander nicht begrüßten. Wir schauten uns gegenseitig an, lächelten und gingen aneinander vorbei. Dabei war sie wunderschön. Sie war auch nicht die Jüngste, sagt man, schon an die vierzig angekommen. Nachher dachte ich, dass es Liebe war, die Liebe zu mir, die ich verpasst habe. Die Liebe ist es, die sie innerlich strahlen ließ. Mich brachte ihr Anblick zum Zittern. Einen macht sie fertig den anderen glücklich. Das Dritte gibt es nicht. Ich schaute sie noch mal an, Ihr Haar in einen Zopf geflochten, was man heute selten sieht, hatte Kastanien braune Farbe. Es war schön auf ihrem Kopf gelegt. Ich fühlte ihre Ausstrahlung die innere wärme die von ihr kam. Ich kann mich heute noch erinnern, dieses Treffen war etwas anders als alle andere in meinem Leben. Offensichtlich nahm die Höflichkeit überhand. „Hallo wie geht es ihnen", fragte ich. Eine Frau, die ich nicht kannte, einfach so zu fragen wie geht es ihnen, schien mir Sau blöd zu sein. Auch sehr frech ging mir durch den Kopf. Doch sie antwortete mir, „danke Gut und ihnen?" „Mir auch Gut danke." „Ich mache hier meinen Spaziergang, auch ein paar Bewegungen für meinen Rücken." „Gymnastik, wen ich mich so ausdrücken darf", fand ich mich zu Recht, mein Wörterschatz ist damit ausgeschöpft, ich wusste nicht, was ich noch sagen sollte. „Ich sehe sie oft, wen ich in den Laden gehe, Lebensmittel einzukaufen." „Ja hier bin ich öfter." „Ich spaziere hier, sie auch?" „Nicht so oft, auf mich wartet zu Hause genug Bewegung." „Es freut mich, dass es ihnen gut geht", ich drehte mich um, wollte meinen Weg fortsetzen. „Sie sind ein guter Mann", hörte ich unerwartet hinter mir. Ich weiß nicht, woher sie es nahm, doch diese Worte kamen ihr aus der Seele. Ich fühlte eine Unermessliche wärme von ihren Worten in meinem inneren. Ich hob die Hand winkte ihr zu, dann setzte ich ohne zurück zu schauen meinen Weg fort. Dieser Begegnung gab ich keine Bedeutung, doch etwas bewegte sich in mir, mir war so warm ums Herz. Was für eine Frau dachte ich. So zarte weise Haut, schönes Glanzendes Haar so wie ein gutes Herz. Sie sah sofort das ich deprimiert bin. Ich stellte mich, schaute zurück, sie verschwand schon hinter der Kurve. Vorne stand am Wegrande eine Bank. Ich nahm Platz, saß eine Ganze weile in mich gegangen. Ich versuchte festzustellen, was mit mir passiert ist. Mir wurde bange von dem Gedanken, dass sie mich liebt. Wie soll ich mit meiner Familie klarkommen, dachte ich. In meinem Alter sich zu verlieben, ist doch blöd, ich mache mich zum Spot der Leute. Es ist einfach eine schöne junge Frau, ich habe mich verliebt in sie, das geht vorbei, redete ich mir ein. Ich stand auf, ging meinen Weg, doch diese Frau ging mir nicht aus dem Kopf. Nach ein paar Tagen traf ich sie wieder. Was für ein Glück ging mir durch den Kopf, ich kann sie sehen, dabei wusste ich von ihr noch nichts. Nach ein paar Tagen begegneten wir uns wieder auf diesem Feldweg. Wir begrüßten einander mit Hallo. Ein paar nichts bedeutende Worte wechselten wir auch. Zu dieser Zeit beruhigte ich mich. Es gab wieder eine kurze Unterhaltung über das Wetter, das zu der Zeit perfekt ausfiel. Dann sagte sie noch etwas, das mich zum Staunen brachte, „ich bin eine Russin", gab Sie von sich. Es rutschte ihr von der Zunge, einfach so, ich fragte sie nicht, wer sie ist. Sie vertraute mir sie wollte offen sein. „Hätte ich nie gedacht, sie sprechen perfektes Deutsch." „Meine Mutter war eine Deutsche, dazu habe ich einen deutschen Mann." Ich ließ ihr ein Höfliches auf Wiedersehen, verneigte mich leicht. Dann ging meinen Weg. So dumm von mir, ich hätte ihr wenigstens die Hand schütteln sollen, beim Abschied. Ich hob die Hand, ich winkte ihr ohne mich umzudrehen. Plötzlich hörte ich, sie sind aber ein toller Mann. Ich winkte ihr wieder. Wie unhöflich von mir, dachte doch ich fand keine Worte. Ratlos ging ich meinen Weg. Wieder hatte ich das Gefühl der Wärme in meiner Brust. Das feine Zittern konnte ich kaum überwältigen. Ist das Liebe, dachte ich. Warum überläuft mich so eine Wärme? Jetzt nahm ich keinen anderen Weg, ich ging nur diesen, jeden Tag, ich wollte sie sehen. Mir war wichtig sie zu sehen, so wichtig, dass ich den Schlaf verlor. Tag und Nacht dachte ich nur an sie. Abends ging ich zu Bett. Ein Paar stunden lag ich mit offenen Augen. Erst gegen morgen schlief ich ein. Nach kurzem Schlaf wurde ich wach. Total müde, schlapp, lag ich im Bett. Im Zimmer ist es hell. Meine Freundin lag neben mir im festen Schlaf. Hoffentlich redete ich nicht im Schlaf, ging mir durch den Kopf ein schlimmer Gedanke. Eines Tages fuhr ich zum Supermarkt, eine Kleinigkeit einzukaufen. Ich nahm den weiten Markt, den am See. Ich wollte einfach mehr im Freien verbringen. Bei uns am See ist der schönste Ort, die Zeit zu verbringen, dort ist die Luft frisch, kühl, das Wasser beruhigt einen. Für meine Gesundheit ist es der beste Platz. Den See besuche ich oft, mir gefällt es ihn zu umrunden. Der Weg ist mit Teer bedeckt an Werktagen gibt es wenig Leute, abgesehen davon ist der Fahrrad verkehr sehr gering. Ich parkte das Auto am Supermarkt, kaufte das benötigte ein, packte alles in Kofferraum und schloss das Auto ab. Eine Weile überlegte ich, welchen Weg ich, zur See nehmen sollte. Ich entschied mich für den Weg, der durch den Tunnel führt, in ein paar Minuten ist man am See. Das kühle Wasser beruhigt mich immer, die Nadelbäume am Weg spenden mir frische Luft, sie verbessert meine Laune, so war es immer. Jetzt machte ich mich direkt zum See. Ich hatte schlechte Laune. Meine Freundin meckerte den ganzen Morgen. Die letzte Zeit wurde es bei ihr zur Angewohnheit. Es wurde immer schlimmer. Mit gesenktem Kopf ging ich am Ufer entlang. Langsam verbesserte sich meine Laune, ich setzte mich auf die Bank am Wegrande und gab meinen Gedanken preis. Es wird bei ihr mit dem Meckern immer schlimmer, dachte ich, dabei wusste ich nicht, was ich machen sollte. Sie meckerte, solange ich zu Hause war. Manchmal denke ich, dass sie extra meckert, damit sie mich aus dem Hause bringt. Sie meckerte so oft, dass ich gerne das Haus verließ. Es waren schon die Regeln, wen sie morgens anfing zu meckern, fand ich mir einen Grund, um das Haus zu verlassen. Leider passierte es immer öfter. An so tagen blieb ich länger draußen, in der Hoffnung das meine Laune sich verbessert. Heute schien mir, dass ihr Meckern sich wiederholt. Sie sah jede Kleinigkeit, sie schimpfte bei jeder Gelegenheit. Jede Tat von mir bereitete ihr Ärger. Es war unerträglich. Das Schlimme war, ich konnte nichts ändern. Wen ich versuchte mich zu rechtfertigen wurde es noch schlimmer. Vielleicht verstand ich es nicht, gut genug, auf sie einzureden? Manchmal dachte ich aus dem Haus ziehen, da rückten meine erwachsenen Kinder, die noch im Haus lebten auf den Vorderplan. In so Momenten, war mein Mut weg. Ich war ständig verzweifelt, suchte ständig nach Ausweg doch den fand ihn nicht. Ich gab die Schuld immer ihr, doch dadurch änderte sich nichts. Sie tat so, ob sie mich nicht verstehe. Heute war wieder dasselbe. „Die anderen Männer arbeiten nur du faulenzt den ganzen Tag." Meine tägliche Arbeit hielt sie nicht für wichtig, was meiner Seele äußerst schmerzhaft war. Damals war ich 70 Jahre alt, dabei hatte keinen Beruf. Mein Alter ging ihr nichts an, andere Männer arbeiten alle, wiederholte Sie. Mir blieb nur schweigen. Sowieso war mir klar, dass ihr Meckern, bis in die Nacht geht. Heute ging es so lange, bis ich die Nase voll hatte. Das gab mir den Grund, den weit gelegene Supermarkt aufsuchen, um etwas länger von zu Hause weg bleiben. „Ich fahre zum Supermarkt, kaufe uns frische Brötchen", sagte ich zu meiner Freundin. Sie brummte was zurück, hörte sich an wie, wenigstens was Nützliches. Ich drehte um den See eine Runde, es dauerte eineinhalb Stunden. Ich fühlte mich wohl, machte Gymnastik, joggte, also volles Programm für einen gesunden Tag. Ich fühlte mich kräftig und frisch. Ich vergas sogar das Brummen meiner Freundin, in ihrer Anwesenheit durfte es sich wieder ändern. Ich kehrte zum Supermarkt nahm Platz auf einem Stuhl, von denen eine Menge unter der Überdachung standen und genoss meine Ruhe. Nach einer Stunde stand ich auf ging zu meinem Auto und fuhr nach Hause. Meine Sinne wanderten langsam zu meiner Freundin. Wenn ich zu Hause bin, legt sie wieder los, dachte ich, sie wird schimpfen, sobald ich das Haus betrete. Einen Grund dafür findet sie immer. Ich schaute Arnold an, den ich am See traf. Er wohnte in unserem Dorf. Heute fuhr mit mir nach Hause. Arnold wirkte traurig. „Sage mal mein Freund bist du immer deprimiert?" „Ich kenne dich als einen lebensfreudigen Mann." Arnold schwieg, „sage mal wie heißt deine Freundin?" Ich ließ nicht locker. „Nena", sagte er. „Du kannst dich doch nicht unterbaggern lassen von ihr." Arnold schwieg dann fuhr er mit seiner Geschichte fort. Offensichtlich hatte er das Bedürfnis sich auszureden, zum Schweigen hatte er die Kraft nicht. Unterwegs nach Hause fiel mir ein, dass ich etwas vergaß zu kaufen. Ich musste einen Abstecher machen, zu dem Laden der zu unserem Haus wesentlich näher ist." Meine Laune war wieder Mies, ich fühlte mich so unterdrückt, dass ich bereit war, mich von ihr scheiden zu lassen." „Wie du es sagst, wäre es das Beste für dich", fiel ich ihm ins Wort. Heute noch denke ich daran das vielleicht besser wäre auf ein oder zwei Jahre Abstand zu nehmen, vielleicht hätte sich einiges geklärt. Bei manchen Leuten klappt es. Es hang sowieso nicht an mir, meine erwachsenen Kinder taten mir leid. Sie besuchen die Uni. Ich wollte dass sie um jeden Preis das Studium abschließen. Sie lassen unsere Trennung niemals zu, wie meine Freundin auch, so dachte ich auch dieses Mal, da ich den Supermarkt betrat. Sie fand Gefallen an der Schikane der sie mich unterwarf. Dazu kam noch etwas was für mich äußerst wichtig war. Meine Eltern die an die Neunzig angelangt alt und krank sind, sie brauchen Pflege auch etwas Zuneigung. Damit spekulierte Sie, ich pflege deine Eltern, warf sie mir vor. Ich ging rein in den Laden, kaufte was ich benötigte legte es in Wagen, damit wollte ich zur Kasse fahren. Dan stand ich mitten im Laden, plötzlich sah ich sie. Ihr langes gepflegtes Haar ist in einen Zopf geflochten, lag auf ihrem Kopf. Beim Gehen wackelte der Zopf, er machte mich verrückt, was für ein hübscher Zopf, dachte ich. Sie schaute mich an nickte mit dem Kopf, es war ihre Begrüßung. Ich antwortete Guten Tag daraufhin nahmen wir unterschiedliche Richtungen. Ich machte drei Schritte. Plötzlich hörte ich, „Sie sind ein berühmter Mann." Es klang nicht wie eine Vermutung, sondern viel mehr wie eine Behauptung. Ich drehte mich um, Sie sah ich nicht sie verschwand hinter den Regalen. Ich folgte ihr nicht, das werde ich wohl mein Leben lang bereuen. Diese Frau liebt mich, dachte ich. Vielleicht zum ersten Mal in meinem Leben liebt mich so eine hübsche Frau. Offensichtlich rutschte es ihr von der Zunge. Ich stand wie erstarrt. Wen sie in diesem Moment neben mir wäre, hätte ich mich v0r ihr auf die Knie geworfen, ich hätte sie gebeten meine Frau zu werden. Dass sie einen Mann hat, dachte ich in diesem Moment nicht. Sie war weg, ich schaute hinter den Regalen, sie sah ich nicht. Dann setzte ich meinen Weg fort, zur Kasse. Ich verließ den Supermarkt, setzte ich mich in mein Auto. Wieder saß ich lange Zeit regungslos. Meine Hände zitterten, ich musste einfach verkraften, was so eben geschah. Das ist Liebe. Wieso ist es mir so warm ums Herz. Ist doch nur eine hübsche Frau von denen gibt es viele, sonst sah ich an ihr nichts Außergewöhnliches. Aber ihr Herz, sie hat ein wundervolles weiches verständnisvolles Herz. Ich ließ den Motor laufen. „Noch etwas sage ich dir mein Freund, mir ist an ihr alles so angenehm." „Ihre kleine Brüste die wie zwei Äpfel unter ihrer Bluse hervorragten." „Ihre hübsche Füße, die unter dem Kleid, zum Vorschein kamen, so auch ihre Zährte Hände." „Alles in ihr fasziniert mich, wen du sie sähst mein Freund, wirst du auch meiner Meinung sein." „Dan bleibe doch bei ihr grinste ich unverschämt." Irgendwie verstand sie, was in meinem Inneren vorging. Vielleicht gefiel mir Nena, weil ich ständig Streit, mit meiner Freundin hatte. Ich erschrak von dem Gedanken, wen ich einen Spiegel in der Nähe gesehen hätte, wäre ich hingegangen, mir meine Visage angeschaut. Doch den gab es hier nicht. Sie zündete unwissend ein Feuer in mir an, das ich nicht löschen konnte. Meine Hände zitterten, immer noch so sehr, dass ich das Lenkrad kaum beherrschte. Ich stellte den Motor wieder ab, lehnte mich erschöpft zurück. Liebe zu einer jungen Frau, dabei bin ich in hohen Alter, wie soll ich die verkraften? Lächerlich, dachte ich und doch wusste ich nicht wie ich meine Gefühle beherrschen kann. Warum ist Sie verschwunden? Offensichtlich schämte sie sich, ihre Behauptung so laut ausgesprochen zu haben. Die Kunden in dem Laden schauten sich um, Sie wollten Nena sehen. Offensichtlich hörten sie ihre Stimme, nur das sie nicht sahen wessen Stimme es ist. Ich war besessen von dem Gedanken sie umarmen sie küssen, ohne Ende. Hier im Auto möchte ich sie Küssen. Meine Sinneswanderung änderte sich ganz langsam. Ich Alter Idiot, habe mich nicht mal bedankt für das Kompliment, nicht mal danke gesagt ist doch ganz einfach danke zu sagen. Von der Selbstpeinigung wurde mir ein wenig leichter. Langsam verließ das Zittern meine Glieder. Nur die Wärme blieb in meinem Herzen. Irgendwie wie, schien sie ganz in meiner Nähe zu sein. Ich streckte die Hände nach vorne ich wollte sie wenigsten berühren, doch da war nichts, ich fing nur Luft, nichts weiter. Ich fuhr ab, nach ein paar Minuten musste ich anhalten, meine Gefühle waren zu stark. Ich stieg aus dem Auto, ich ging auf den wackeligen Beinen in Richtung Wald. In meinem Zustand konnte ich kein Autofahren. Mit meinem Gefühl musste ich alleine sein. Ich fühlte sie bei mir, ich drückte Sie an mich, ihr Körper unter der Jacke ist so angenehm warm das fühlte ich. Es tat mir sehr gut, wahr so schön. Ich fühlte ihre Brüste, ich berührte sie. Sie waren so angenehm zart, als ob sie mit Muttermilch gefüllt wären. Ich hatte sie in meinem Herzen, dabei war sie nicht mal in meiner Nähe, sie war im Laden geblieben. Es ist alles die Frucht meiner Fantasie, ich bin verrückt, dachte ich, muss abschalten nicht mehr an Nena denken. Langsam beruhigte ich mich, ich muss zum Arzt, dachte ich, muss einen Psychiater aufsuchen. Mir bleibt nur hoffen. Ich fuhr nach Hause. In solch einer Verfassung verblieb ich bis in die Nacht. Meine Freundin war so gelaunt wie die letzte Zeit immer. Sie meckerte, schimpfte ohne jeden Grund. Nur etwas war heute anders, mir ging das alles irgendwie nicht an, als ob ihr schimpfen nicht an mich gerichtet wäre. Als die Zeit kam zu Bett zu gehen kniete ich vor meinem Bett. Ich dankte Gott für den schönen Tag. Er lies mich in solch einem netten Zustand verbleiben den Rest des Tages. Wen doch jeden Tag so dachte ich und schlief ein. Das ist alles an meiner Geschichte mein Freund, sagte Arnold. Ich blieb bei meiner Freundin. Ob sich in unserer Beziehung was ändert, weiß ich nicht. Nena sah ich nicht mehr, ich zog aus dem Dorf aus. Ob ich Nena noch einmal treffe, oder eine andere Frau, die so mein Herz erobert, weiß ich nicht. Mir bleibt nur hoffen, dass es eines Tages so geschieht.

Zeitfracht Medien GmbH
Ferdinand-Jühlke-Straße 7
99095 Erfurt, Deutschland
produktsicherheit@kolibri360.de